청어詩人選 267

침묵의 꽃

이상원 산문시집

청어

Prose Poetry

Flowers of Silence

This book is for poetics on zen
by Lee, SangWon

Published in Seoul, Korea,
in October, 2020

산문시집

침묵의 꽃

이상원

중심 시어

선, 예술, 꽃, 목록, 의미, 점, 혁명, 언어 너머, 늪,
공, 재즈, 침묵, 색, 우주, 길, 이미지, 그림자, 티끌

서울, 2020년, 10월

Prose Poetry

Flowers of Silence

by Lee, SangWon

zenlotus3@gmail.com

Key Poetic Words

*Zen, Art, Flower, List, Meaning,
Dot, Revolution, Emptiness, Jazz, Silence, Color, Cosmos,
Road, Image, Shadow, Swamp, Dust,
Beyond Language*

Poet's Words

*This is prose poetry,
waiting for blooming flowers of silence.
It is based on poetics of antiaesthetics emphasizing insight
into Buddhism. Also it will be a guide for the creative
inspiration of poet as well as
zen artist in work life.*

서문

꽃의 걸음을 따라가다가
길을 잃고 그 자리에서
나는 얼마나 오래 서성거렸던가?

시는 나에게 무엇인가?

이 물음 앞에 서면 자주 절망한다

시는 언어의 화원이다
황무지에서 피어오르는
생명의 꽃은 마침내 폭발한다
때로 시는 분출하는 이미지의 화산이다
그러므로 언어의 혁명이다!

누가 물었다,
침묵이 시가 될 수 있는가?

꽃을 빌어 겨우 꽃을 노래하는 일,

세상에 현존하는
오래된 목록의 한 귀퉁이,
고즈넉한 침묵의 선방이 있다
분노하는 이미지를 달래기 위하여
불안한 언어의 엔트로피를 벗어나기 위하여
고요를 피우기 위한 꽃의 헌사를 부치기로 한다

꽃은 아직 소식이 멀다
개화되지 않은 나의 꽃,
풋 매실이 매우 시다

참혹하다

이상원

목차

산문시집
Prose Poetry

침묵의 꽃
Flowers of Silence

이상원
Lee, SangWon

목록의 탄생

세상에 없는 말은 무엇일까?
아직까지 아무도 건드리지 못한
알 수 없는 한마디는
도대체 무엇인가?

우주를 초월한 숨소리,

이 한마디를 '꽃'이라 부르자

꽃은 어디서 왔을까?
아직 모른다, 나는
목록의 끄트머리에 간당간당하게 붙어있는
나의 친구인 꽃의 암호를 해독하지 못하였다
그건 마음 같은 것이었을까?
혹은 마음 밖에 떠도는 나그네였을까?
기억의 씨방은 아마도,
태초에는 하나의 점이었을까?
혹은 하나의 선이었을까?
아니면 텅 빈 원이었을까?

아직까지 아무도
목록의 첫 장을 다 보지 못하였다
하물며 마지막 장은 있는지 없는지
어느 것이 마지막 장인지
그리고 마지막에 실린 한마디는 무엇인지
도대체 알 수 없으므로
확인할 수 있는 오직 분명한 건,

─세계는 아직 열리지 않았다─

열리지 않은 세계를 두고
미치광이들은 모든 목록을 보았거나
우주의 항문을 열어놓은 것처럼 날뛰고 있다

목록은 우울하다
우리의 뇌수에 박힌 존재의 그림자는
기껏해야 언어라는 가면에 가려진 목록이다
그러므로 목록은 비극이다

빈약한 기호들끼리 어깨를 부비며
아주 모호하거나
혹은 익명의 어둑한 골목에서 담배연기를 풍기며

시대의 우울을 노래하고,

누구나 머리에 핵폭탄을 이고 살아도
이미 체념의 모르핀에 찌들어 아무렇지도 않고
게다가 이상한 역병은 세계 곳곳을 점령하고
마스크를 쓴 마지막 인류가
하염없이 사라지는 빙하를 바라보며 탄식한다
높아가는 해수면과 만년 빙하를 잃어버린
북극곰과 돌고래와 혹등고래는 해안가에서 죽어간다

나침반을 잃어버린 세기,
오직 피둥피둥한 살찐 소파를 위하여
기름진 뱃가죽을 쓰다듬으며
게으르게 늦은 신호를 알아차리지도 못한 채
절명의 순간이 코앞에 바짝 붙어있어도
무관심과 권태로
마지막 숨을 헐떡이며
무서운 전조의 신호를 깡그리 외면한다
자연은 우리에게 보내고 있다
끊임없는 구조신호를!

하늘 궁전에는 우주쓰레기가 유영하고
심해에는 플라스틱이 부유하며 모든 생명의 뱃속에서

미세한 티끌로 분해되어 머물고 있다가
오직 마지막 숙주인 인간의 아가리를 향하여 아우성친다
세기의 막다른 골목,
더러운 침을 뱉으며 주먹다짐을 하고
서로 저주를 퍼붓고 분노는 까닭도 없이
더 큰 분노를 부르고 여기저기서 묻지마 폭행이 자행된다
국가는 폭력을 더욱 정당화하고
굶주린 아프리카의 언어는
오직 유일하게 '빵'이란 글자만 남아
메말라 갈라진 땅에서 마지막 가쁜 호흡을 하다가,
그나마 사라지고 만다
지중해에 떠도는 난민은 낡은 고무보트에서 생사를 모른 채
희망이란 희미한 말을 좇아 높은 절망의 파도를 넘는다

한 번도 본 적 없는 익명의 목록들에서,
내가 알아차린 것은 단 하나의 단어도 없다
나는 알지 못하고
오직 모를 뿐,
오직 독자로서 겨우 떠듬떠듬 읽었을 뿐,
강가에 한 줌 모래도 쥐지 못하였다

나는 이제까지,
나의 길을 잃어버린 채—

그건 산 것도 아니고
그렇다고 죽은 것도 아니었다
오직 글을 쓸 때만 나를 내버려둘 수 있었다
나를 자유롭게 숨 쉴 수 있게 하였다

나는 목록의 어디쯤에 있을까?
혹시라도 나는 거추장스럽게 맨 끝에 붙은 부록은 아닐까?

어느 구석에 처박혀
늘 안절부절못하거나 스산하다
불안한 눈으로 더듬더듬
목록의 이웃을 서성거리거나
추구할 무엇을 겨우 찾아가는지
너무 두꺼운 목록 속에서
나는 헤매다 질식하는지,

왜, 무엇을 위하여—

누가 나를 목록에서 지우는지
아직까지 다 지워지지 않은 나는
목록을 완전하게 펼치지도 못하고
희망이 사라진 채 기다림에 지쳐 죽어가는지

미치광이가 되어 어물거리는 입술로
꽃을 말하려 하는지—

누가 말했던가?

—우주는 한 송이 꽃!

나는 아직도 모른다
아득한 광년을 지나 팽창하는 미지의 세계,
그 근처에도 가닿지 못하였을지도—

점과 선으로 이루어진 꽃의 작법,
통째로 습득하지 못한 채
꾸물거리다가 벌써 여명은
노을의 옷으로 갈아입고
별의 주렴 밖에서 서성거리는지,
창백한 푸른 한 점의 티끌에서
어느 눈먼 자가 우주의 책갈피를 넘기고 있는지
하늘에 박힌 무수한 점자들,
태양의 시침時針은 그림자를 길게 끌고
또 하루가 지나가고,

꽃의 밀서密書는 열리지 않았다

나는 어디에도 없다 무엇보다 아직까지
나는 나를 만난 적이 없다
마음을 여는 열쇠는 어디에 있는지
열쇠 없는 세상의 문을 열려고
누가 점자처럼 별을 헤고 있는지
광활한 우주의 한 모퉁이에서
언어가 사라진 저 너머
의미의 한 호흡,
온몸을 휘감고 소용돌이치며
빛의 물결이 한데 휩쓸려가는지,

오직 사라질 뿐,
맹인의 암울한 예언은
침묵의 시간 속으로―

시간은 늘 그렇게 우두커니 앉아 있었다
너는 늘 표정 없이
지금 가장 젊은 날,
누구라도 결국 굴복시키고 마는
너는 잔인하다
세상 그 어떤 것도 찰나에 졸여 증발시키고
한갓 티끌이거나 물거품으로 만드는

너는,

우주는 이미 생겨나기도 전,

목록의 한 칸을 채우기도 전에
누군가는 사라진다 지워지기 위하여
늘 대기상태로 점과 점은 태어나 티끌끼리 뭉쳐져
허락된 시간 동안 제 몸집을 불린다
프랙털에서 카오스로, 점과 점이 이어진
무수한 선의 아지랑이들,
아득한 기억들이 뭉쳐지고
그 길을 따라 다른 길이 나타나다가
허물 벗는 뱀처럼 사라지고 마는지
흔적을 겨우 붙들고 태초의 길이 죽고
다시 다른 길이 태어나는지—

길은 탄생과 죽음이다
무엇이건 늘 그 중간에 있다
길들의 실핏줄, 지도는 추상을 통하여
다양한 기호와 부호로 이루어진다
지도에 갇힌 길들의 아우성!
거기에 있으므로 거기 밖을 두려워한다
언어는 유일하게 그 부근을 맴돌다가

어느 순간에 거기를 벗어난다
우리는 어디로 가고 있는가?
아무데도 가지 않았다 꿈꾸지 않는
바로 지금 여기,
그대로 주저앉아 허무를 기다릴 뿐,

길은 오직 제 한 몸으로 쓴 육필肉筆이라야 한다

길은 정신에 연결되어 있는 그물인가?
몸도 정신도 언제나 길 위에서 방황한다
지긋지긋한 윤회의 저주,
길은 골치 아픈 환자인가?
여행용 가죽트렁크가 바람에 출렁거릴 때
불룩한 가죽 안에 허기가 가득하다
허기를 채우기 위하여
한 쟁반의 꽃 요리를 주문하고 난 뒤
기다리는 시간은 끔찍하다

먼저 꽃이란 이름이
목구멍 속으로 들어가고
색깔이 씹히자 향기가 스며나오고
꽃의 속살이 치아에 끼면서 즙이 나오고
이윽고 쟁반에 묻은 찌꺼기마저

입술로 쪽쪽 핥거나 빨고 나면,

꽃의 정찬은 끝났다

최후에 남은 건
빈 쟁반이다
포만과 허기는 쟁반이
즐겨 담는 두 가지 말이다
이곳과 저곳에 내버려진
쟁반은 두 가지 일에 능숙하고 낯익지만,
그건 살아있는 날것이 아니다
단순하고도 지긋지긋하게 되풀이되는
노동이며 표절에 불과하다
쟁반은 그래서 불행하다

쟁반은 깨지길 원한다

긴장하는 테두리 안에 갇힌 불안을
두려워해서는 안 된다

낯선 세계를 열기 위하여
먼저 제 자신을 깨트려야 한다

끔찍한 침묵 안에 아슬아슬하게 고여 있는
쨍그랑,
한 순간 침묵이 깨지는 소리―
단 한 마디 비명을 위하여
쟁반은 쉴 새 없이
허기를 채웠다가 비워낸다

채울수록 더욱 배가 고프다
나의 쟁반은 늘 침을 질질 흘린다
나의 시는 쟁반에 담길 때마다
깨어지길 원하는지 불안한 눈초리로
이미지의 포크로 찍어대지만
무딘 날은 미끄러지기 일쑤다
입으로 가져가지 못하는 절망 때문에
차라리 쟁반이 깨지길 원할지도 모른다

쟁반은 혓바닥을 부른다
포크는 꽃 대신에 혀를 갈망하므로
원시의 미각이 더 어울리겠다
쟁반에 담긴 꽃은 목구멍에 들어가자마자
악취를 풍길 것이다 향기로운 이미지는
마침내 똥오줌이 되어 사라질 것이다

안절부절 못하는

달의 그림자가 쟁반에 담긴다

한 조각 베어 먹을 때마다

유령이 울부짖는 듯 바람소리가 난다

달은 누구나 그릴 수 있지만

달의 울음을 그린 사람은 아직 없다.

그림자의 놀이에 지친

달은 쟁반의 형태를 무시한다

쟁반은 담고 비우기를 반복하지만

스스로 할 수 있는 일이 없으므로 늘 기다린다

쟁반은 권태로운

시간을 담고 있는지

언젠가는 깨진다는 불안을 견디며

더욱 허기를 탐하는

제 안에 고여 있던 침묵을 응시한다

가장 근원적인 희망은 달을 담는 것이다

쟁반은 깨짐으로써 새로운 세상을 잉태하는지

입으로 정신을 가져갈 때마다

물어뜯기는 쟁반의 고통!

달은 쟁반을 통하여 어둠을 하혈한다

월식은 끔찍한 공포였을 것이다

원시의 시간, 어둠 속에서

소스라친 비명을 들으며
하나의 점이 사라진다

섬뜩한 깨달음,

심장이 달빛에 빛날 때,

생애의 끝자락에 도사린 목록의 순서는 헝클이지만
결코 지칠 줄 모른다
아래가 위가 되고 끝이 시초가 되고
가운데가 밖으로 튀어나간다
혼돈은 창조의 자궁인가?
시간의 하혈이 그치면
일시적으로 통증은 덜하겠지만
안심하기에는 이르다

나태하다는 것,
제 심연에 드러누운
게으른 적이 가장 두렵다

이만하면 되었다고 느낄 무렵,

절망과 패배는 더불어 온다 아주 달콤하게—

나는 목록을 떠난다 누가 나를 프로그램하고
저 외장 행성에다 복사해두었는지
무질서한 세계에서 엄밀한 기호는 질식한다
체제 밖으로 유배당한
시린 시간의 목젖이 간질거릴 때
오물을 토한다, 곳곳에서 질질 새는
증오와 권태의 체액들,

누수漏水하는 시간들!

삶의 길이 더러운 물 속으로
서서히 잠길 때 낡은 언어의 목록도 젖어내린다
빈 의자가 젖고,
책들이 팅팅 불어 떠다니고,
먼지가 자욱한 전화기도 젖고,
권태마저 푹 젖어 불어터진다 수면에
잠겨 꾸르륵거리다가 수도꼭지는 숨을 멈춘다
변기에는 오물이 역류하여 넘쳐나고
모든 건 물에 잠겨
기억보다 먼저 익사한다

한 공간에서 다른 공간으로

탈출하지 못한 목록들,
썩은 물의 몸과 서로 뒤엉겨
부딪치며 얼마나 큰 소란을 피우는지
소용돌이에 휩싸여
여기저기 비명이 가득하다
이윽고 누수를 끝마친 목록의 항문에서
물의 몸이 새어나온다
시간의 입으로 토하는
누수의 체적이 점점 수축한다
한껏 불어터진 호흡이 정지하고
아주 잠깐 동안,

누수된 시간은
겨우 누수를 통하여
다시 제 자리를 회복한다

언어는 감옥이다
심연은 지옥이며 대상은 늘 안타깝지만
꽃 한 송이도 제대로 가리키지 못한다
동어반복의 다람쥐 쳇바퀴 아래서
낡고 너덜너덜한 시든 꽃잎을 바라보며
절망한다. 시인은 절망이 밥이다
굶주려 죽어서야 비로소 붓을 묻는다

더러운 땅속에 무딘 붓을 묻고
꽃을 덮고 잠든다
시든 꽃잎이 분분히 떨어져
자비로운 손길로 덮어주는 관 뚜껑 아래 누워,

시인은 저주받은 여행자다

윤회의 어두운 동굴 속
의미의 표지는 낡아 사라지고
언어는 목이 비틀린 채
버려진 쓰레기더미 속에 처박히고
당나귀가 우울한 의자에 앉아
오래된 책을 읽기 시작한다
활자가 뭉개지고 구두점이 흐물흐물해지면
의미의 껍질들은 둥둥 떠다닌다

기러기의 손가락 끝에 달이 걸리고
달은 저만치 거리만 재다가
그 자리에 그대로 재처럼 주저앉고 만다
바람은 깃발을 무시하고
마음만 홀로 나부낀다
꽃의 의미를 담지 못하는 세상,
얼마나 헐떡거리며 고통스럽게 건너왔던가?

늙은 말의 편자가 다 닳아 없어지면
길은 질척거리며 오물이 넘쳐난다
서로 소통하지 못하므로,

찢겨진 꽃잎처럼 분절된 의미들—

아무런 배경도 도움이 되지 않는지
꽃은 그림자만 던진다
그림자는 담묵淡墨으로 찍은
한 점, 권태의 덩어리인가?
시선과 관점은 늘 어깃장을 놓는지
마치 번쩍거리는 플라스틱 조화造花처럼
거짓 명제들은 오직 보여주기만 할 뿐,
낯익은 눈길은 번지르르한 쇼윈도처럼 지겹다
낯선 꽃에 다가가기 위하여
누가 외치는가?

—아름답다는 것은 추하다
거꾸로, 추하다는 것은 아름답다

그러므로 아름다움과 추함은 하나다
분별하는 이곳은 위험하다
한 몸에 붙은 샴쌍둥이처럼

26

한 송이 꽃에 다른 잎들이 피어나듯
세상에 떠도는 말은 말에 채여 길을 잃고
말 때문에 침이 마르고 말은 무척 피곤하다
보조개는 뺨에 있으면 좋지만
이마에 있으면 추한 것이 된다
이런 법은 누가 만들었는가?

세상에는 쓸모없는 말이 대부분이다

꽃이 앉은 자리는
요모조모 따지지 않으므로
아름다움과 추함은 가야 할 길이 아니며
가지 않아야 할 길도 아니다
더구나 흉내 낼 자리는 더욱 아니다
다만 그 자리는 텅 비어 있다

꽃은 점에서 선으로 나아가고
선은 다시 다른 선을 만나 하나의 점령지를 차지한다
그곳에다 고유한 깃발을 세우고
외부의 개입을 차단한다

펄럭이는 식민지!

'영토'라는 것은 일종의 배타적 목록인가?

목록은 잔인하다
시인이 벌이는 전쟁 사전에서 유일하게 자주 쓰는 단어는
무엇일까?

목록은 끊임없이 싸움을 부추기고 있다
전쟁은 모두가 원하는 놀이인지,
누구나 패배할 수 있고 영원한 승자는 없다
그러므로 전장은 쓰라린 흉터만 남긴다
목록의 희미한 흔적을 바라보면
예술은 늘 종말을 얘기할 수밖에 없다

신이 죽었듯이 예술도 이미 죽었다

세계는 이미 낡은 것이다
새로운 언어의 파장 밖으로
추방당하는 고독한 암흑물질들!
피투성이가 된 경계에는 무리지어
광대버섯이 화려한 빛깔로
허기진 예술가를 유혹하지만
자칫 잘못 건드리면 광기에 사로잡히고 말리라
울고 웃다가 마구 여생을 쏟아내며

불우한 몽상가는 진이 다 빠져

마침내 사라지리라

인류의 마지막 예언자는

제단에 모신 우상을 향하여 더 이상 경배하지 않으리라

목록의 안은 늘 소란하지만,

그 어느 누구도 탈출을 꿈꾼 적 없으므로

마지막 죽음의 신이 강림하기 전에

지상의 꿈과 희망을 뒤로 하고 벗어나길 결단하리라

이제 곧 새벽이 오리라,

맞이하라! 누구도 보지 못한 새벽을!

그리고 뒤돌아보지 말고 떠나라!

목록의 밖으로,

분노하는 이미지들

온갖 꽃이 핀 화원에서
천진한 아이가 놀고 있었다
처음에는 그곳에 대하여 아무것도 몰랐다
해 저무는 줄 모른 채
마음대로 꽃길을 따라 오가며
꽃이란 말조차 듣지 못하고
꽃의 숨소리조차 깨닫지 못하였다
그냥 무심하게 꽃과 하나가 되어 뒹굴며 뛰어놀다가
점점 안으로 들어갔다

꽃의 미로迷路!

꽃에 파묻히고 나서야
꽃이 무서운 걸 알아차렸지만
이미 너무 늦었다
영원히 되돌아 나올 수 없는
꽃의 지옥, 일단 한 번 들어가면
출구가 없는 꽃의 감옥이었다
목록에서는 이미 지워진,

이 세상에서는 찾을 수 없는
불안한 늪이었다

시는 이미지로 그린 그림인가?

인류의 관점에서,
누가 시인을 정의하는가?

호모 이마고!

이미지로 상상하는 사람―

언어의 감옥에 갇혀
이미지를 먹고 이미지를 배설하는
시인은 무엇으로 사는가?
죽는 날까지 이미지를 가지고 노는
그는 왜 절망을 자주 노래하는지
꽃은 시들지라도 잠깐 피어있는 동안
불안한 시간을 견뎌내야 한다
이미지는 낡았다 세상에 떠도는
말은 이제 너무 피곤하다
늘 사물의 바깥에서
서성거리다가 시들고 만다

시인은 끔찍한 이미지 사냥꾼인가?

참혹한 계절!

상상의 붓을 보라
하늘에다 마음껏 붓을 휘두르는
구름은 머리가 가려운지
자주 하얀 목덜미를 흔들어댄다
비듬처럼 떨어지는 꿈의 부스러기들,

밤은 위대한 도피처인가?
세계는 우울을 베개 삼아
어둠을 덮고 안식에 들지만
악몽은 어김없이 찾아와
문을 쾅, 쾅, 두드린다
문은 자주 불안하다
침입자를 두려워하는 까닭이다

위태롭게 흔들리는 촛불!
시대의 불안한 그림자들 어른거리고
흐릿한 윤곽을 더듬는 손가락들 사이로
어렴풋이 빛이 새나온다

깨어있는 한 사람은 누구인가?
찰나를 잡아채는 영감의 불꽃들!

정체를 알 수 없는
공포와 불안에 대하여
이제는 모두 말할 수 있어야 한다
미적거리며 입 밖으로 토해내지 못한,

혀의 감옥들!

너는 두려운가?
세계를 읽지 못하는
어둠은 사방을 에워싸고
희망은 볼모로 잡힌 채
절망의 칼날 아래 목을 내밀고 있다
끔찍한 언어의 홍수 속에 유일한 선전도구는
소통하지 않으려는지
결코 뒤를 주지 않은 은밀한 행보!
암호로 둘러싸인 거대한 영토인가?

오래된 숲은 고요하다

꽃잎의 목록!

여러 잎이 모여
꽃의 신전을 이룬다
그 안에 모신 씨방은 기억의 창고인가?
원형질의 유전자들이 아수라를 피우는 곳,
꽃은 잠재적인 피의자인가?

하나의 사건은 물끄러미
다른 사건을 바라보고 나서
그 자리에서 꽃의 조서를 작성한다
해독되지 않는 꽃의 기호들,
바람과 햇살의 지문을 날인하고
형식적인 인정신문이 끝난 뒤
꽃의 범행은 낱낱이 기록으로 남는다
모두진술은 대지가 할퀸 흔적들!
연약한 뿌리를 흔드는 바람의 손길 너머
이미 사라진 시간의 행적을 댔지만
알리바이는 깨지고,

꽃은 남은 침묵의 형기를 채우기 위하여
시들어간다 기어이 다른 몸을 빌려
자신의 죄를 변호하지만
벽을 가둔 문은 열리지 않는다

꽃이 꽃을 열지 못하듯
벽은 벽을 열지 못한다
누가 말한다

꽃의 목록은 무죄다,

주장하는
낡은 변론은 의미가 깨진 지 오래—

지상에 뿌리는 언어의 씨앗들
불모지에서 햇살과 물의 꿈을 쫓아
기어이 뿌리를 뻗어 생존을 이어간다
표지가 떨어져나간 꽃의 고통!
꽃의 전과前科는 화려하다
낙마落馬한 바람이 아프다

하수구 옆구리를 타고 넘는
허물어진 담벼락 너머 소리를 쫓는지
한 송이 꽃은 귀를 쫑긋, 세운다
오줌을 지린 바닥은 울퉁불퉁한 소리의 거처,
맨발로 걸어가는 낙엽들,
서두르는 계절의 뒷꼭지가 시리다
개미는 제 몸보다 훨씬 버거운 짐을 지고

황량한 고원을 넘는다

천산북로天山北路의 설산 너머,
산다는 일이 얼마나 고달픈지
신음소리마저 찢어진다
거친 맨바닥,
주저앉고 싶은 절망의 근처
세상에 잠깐 몸을 붙인다는 게
다 저렇게 슬프고도 슬프다
기적처럼 유일한 푸르른 행성에서,

대기는 분노한다
더러운 하수下水가 역류하는
이성의 맨홀에 뚜껑이 열리자마자
거리에서는 피켓을 들고
기후온난화에 대하여 성토한다
벌과 나비가 사라진 뒤,

수정하지 못하는 불임不妊의 꽃들!

꽃의 죽음을 슬퍼하며,

멈춰라!

당장 지금, 오직 행동하라!

목록이 여닫히지 않는 세계,
분노는 오직 분노를 향하여 달린다
더 이상 분노의 시간을 참지 못한다
이제 노인은 화를 다스리지 못한다
분노하는 일만 남은 세계!
뒤바뀐 몸들이 몸살을 앓으며
서로 적대적으로 밀쳐내거나
서로 피투성이가 될 때까지 부딪친다
지금은 투쟁의 시간,
상처는 다른 상처를 덧내려는지
서로의 고통을 후벼판다
우리는 절망한다

피둥피둥한 껍데기들!
미끌미끌한 뱀장어들!
낯짝이 뻔뻔한 철면피들!
가짜는 가라!

그 소름 앞에서
탐욕이 손짓을 하는 동안

비계는 미끄덩거리며 저주를 퍼붓는다
비대한 몸들의 비명!
피고름이 가득한 탐욕의 주머니들!

아드레날린이 분출하는 거대한 식민지
하나의 집합 안에 꿀꿀대는,

무수한 공집합들!

악마의 신전처럼
떠받들고 있는 우상의 보따리는
온갖 잡동사니들의 목록인가?
목록 안에는 알 수 없는 기호들이 가득 차있다
울부짖는 고통이 가득한 저주들!
검은 보자기에 싸인
알 수 없는 시간의 매듭을 풀며
순례자는 전망이 보이지 않는 길을 떠난다
돌아오지 못할 영원한 길을,

보라,
유랑의 길을 떠나는
보따리들의 끝없는 행렬을——
한 줄의 보따리는 지치지 않고

다른 줄과 섞이지 않기 위하여
끊임없이 계급을 만들어낸다
피비린내 진동하는 누추한 바닥에는
견고한 사다리가 생겨나고
어리석음은 익사체로 둥둥 떠다닌다
에어포켓에 간신히 매달려
숨을 몰아쉬는 조난자들에게 과연 구원은 올 것인가?

기다리는 것은 어떤 시간인가?

기다리는 것은 어떤 절망인가?

기다리는 것은 어떤 권태인가?

탄광에 갇힌 카나리아처럼
예측은 연약한 새의 허파에 의지 한 채,
세계는 얼마나 엉성한가!

불안은 늘 우리의 양식이었다
굶주림을 견디며 더 묵직한 공포를 회피하기 위하여
너도 나도 최면을 걸며 구조될 시간을 기다린다
난파된 생애는 한 줌 아껴둔
마지막 호흡을 한꺼번에 몰아쉬며

기꺼이 남은 한숨을 왈칵 쏟아낸다

여기저기,
내부에 차오르는 분노의 숨결들!
기어이 시대를 엎고 세계를 엎으며
눈먼 시간은 암울한 거리를 헤맨다
장애물 가득한 그곳은
얼마나 위험하고 얼마나 우울한지
어두운 거리에 질척거리는 유령들!
한 장의 목록에 실리지도 못하고
목록의 밖에서 서성거리는,

추방당한 꽃의 혀들!

바람이 흔들수록
마음이 시릴수록
건너 풍경은 아찔하다
아귀의 다툼으로 지옥을 건너간다
아득한 저 건너!
이승의 마지막 숨이 막 넘어가는
목록의 낡은 갈피 속,
얼마나 낯설게 다가가야
너를 열어볼 수 있을까?

너를 기어코 읽어볼 수 있을까?
소통하지 못하는 이상한 섬에서
슬픔이 뒤섞인 환멸의 끝자락에서,

누가 말하는가?
슬픔의 비밀을,
이 세상 어느 곳에도 눈물을 멈추게 하는
묘약은 없다 오직 눈물을 흘림으로써
슬픔을 치유할 수 있을 뿐,

부글부글 끓어오르는
유황 내음 진동하는 화산지대를 건너가며
저토록 붉게 꽃대 하나만 달랑 세운
꽃무릇을 바라보라
잎을 채 챙기기도 전에 먼저 피어오른 꽃,
순간처럼 이미 시들고 마는 저 꽃대들!
지상의 독을 한껏 빨아들여
중독된 권태를 찬란한 울음처럼 꽃 피우는
저 침묵 속으로 걸어 들어가라!

벽에도 귀가 있다

조심하라!

사방에 에워싼 은밀한 도청자들!
검은 털이 온몸을 덮은 음산한, 눈초리들!
네가 방금 지껄인 말조차 허공에 저장된다
너의 행적은 아주 자세하게 기록되고
나중에 널 심판할 증거로 채택될 것이다

살아있는 동안,
상처가 없다면 향기도 없다
풀은 낫으로 베어지고 나서야
풀 내음 풍기며 제 향기를 맡는다
마침내 썩어 대지를 살찌우는 거름이 된다
소나무는 도끼를 위하여
기꺼이 제 몸을 찍는 도끼자루가 된다
아픔조차 스스로 다스리기 위하여
터진 상처에 흘러내리는 송진으로
흉터는 아물어
이윽고 솔향기를 풍긴다

코끝에 감도는 은근한 목록들!
매연에 찌든 우울한 잿빛도시에서
한결 목에 잘 넘어가는 한 알의 은단銀丹처럼
하루의 상쾌한 펄럭임을 위하여,
깨알같이 적힌 목록의 사연들!

고통과 번민, 우울과 권태로
찌들대로 찌들어버린
언어의 감옥들!
그리고 살아서 지나치게 되는
그 모든 아픈 것들을 위하여,

기도하라

목록은 아직도 열리지 않고
시간의 분화구 속에서 유황연기를 내뿜으며
종말을 예언하려는지 으르렁거린다
목록을 채 다 넘기기도 전에
모든 죽어가는 것들과 하직해야 하는지
등 뒤에서 바람의 인사를
물끄러미 바라보아야 하는,
우리는 너무나 연약한 존재가 아닌지—

치욕스러운 패배의 순간,
몸과 마음이 더불어 물러난 뒤
다시 제자리로 돌아온
시간의 선방禪房은 고요하다
꽃밭에서 줍는 고요의 씨앗 한 톨,

선禪은 시의 꽃!

누구나 한 줌의 꿈속에서 부르는 노래,
꽃의 목록 첫머리에 나타나는

거대한 침묵!

극지에 웅크리고 앉은 빙하처럼
얼마나 순수하고 적막한지
어느 날, 살아있는 한 순간
네 안에 머물던 악어가 깨어나
네 생애를 온통 흔들어대며 이빨로 물어뜯거든
두려워하지 말고 직면하라
얼마나 오랜 기다림인가?
신세계를 여는 목록의 씨방,
도저히 참을 수 없어 부풀어 터지고
드디어 우주를 유영한다
저 황홀한 광경 앞에 누구라도,

침묵한다 그 어떤 세계도
목록에 수록되지 않고 허공에
떠밀려다니다가 마침내 숨을 거두고

거추장스러운 몸조차 벌거벗는다
한 알의 씨앗 앞에서 누가 옷깃을 여미는가?
경건한 생명의 탄생인가?
태초의 울음으로 가득 찬
지독한 고통의 산실産室에서,

목록의 첫 장이 태어난다

자궁을 찢고

탯줄을 끊으며,

꽃이 활짝 피어오른다

꽃의 하혈下血!

구름, 에티켓이 사라진 여행

얼마나 오래 잠을 잤는지
이미 윤곽이 사라진 사물의 꿈,
'시그니피앙'인 기호와 '시그니피에'인 개념은 연결되어
피에 젖은 시인의 시간이 절망처럼 펄럭거릴 때
구름은 한껏 나래를 펼치고
상상의 붓으로 이미지의 그림을 그린다
하늘의 화선지 위를 종횡으로 누비다가
물의 엔트로피는 불안한지 궤도를 벗어난다
부글부글 끓어오르며
제 자신의 증오를 지우기 위하여
진실한 참회를 위한 성찰의 시간,
하늘을 섬기는 동안 점점 체적을 줄여
물의 몸은 쉬지 않고 증발한다

물은 그릇에 따라 다르다
그림자가 보이지 않는 물의 전신을 비추다가
남은 물기마저 털어내고
구름은 기나긴 여행을 시작한다
물의 일정日程은 제멋대로인가?

여행 자체를 무색하게 만든다
끓던 몸을 다 붓고 나서도 여전히 소란스럽다
시간의 주전자 속에는 부글거리는
광기만 남아있는지,

예의 없는

음산한 인기척들!

억지로 알리바이를 둘러대기 위하여
일시적으로 세상은 정전停電된다
CCTV에 고스란히 갇힌
시간의 포로들!
범행 현장의 소리와 냄새까지 잡아
서둘러 왔던 도주로를 토해내며
지난 여정을 생생하게 증거로 보여준다
은밀한 사생활이 적나라하게 노출되고
더러운 행적은 저자거리의 취중 안주가 된다

외설과 무례!

곰팡이처럼 잔뜩 번지는
이미지의 폭력!

가짜 뉴스와 무자비한 광고의 공습을 받으며
언어의 폭력 앞에서
속절없이 당하는 지금은
원시가 그립다

폭주기관차처럼 맹렬히 달려오는 야만의 속도 앞에
아예 눈을 감아버리는 지금은
인간만 살아남게 되는
고립기,

푸르른 외로운
점 하나,
세기의 우울한 행성에서
마지막 아이가 막 태어나고
생명의 탯줄을 끊기도 전에 이미
죽음의 냄새가 밀려들고
음산한 그늘이 싸구려 사랑노래를 부르고 있다

삐걱거리는 더러운 침대에서
섹스를 끝내고 나자, 정액이 미끄덩거리는
콘돔 안에 죽은 언어의 정자들이 고여 있다
이제 사랑은 잃어버린 고대의 신전 기둥에 희미하게 남아있는
이끼 자욱한 흔적일 뿐,

어느 누구도 사랑하지 않는다
사랑의 밀어는 베드에 자욱한 버그들처럼 생이 가려울 때마다
잠깐 외로움을 달래는 몸의 놀이들!
체위를 바꾸는 암흑의 밤을 지나며
우리는 누구도 행복하지 않고
그저 지친 영혼을 잠시 달래기 위하여
사디즘이거나 마조히즘의 변태를 은밀하게 구가한다
사랑이라는 말은 얼마나 오래된 미래인가?
미래는 과거로 향한 울음과 회한 때문에
죽음에 이르는 병이다
죽은 언어의 시체에서 시즙이 흘러나오고
사랑은 냉동시체 안치실에서 푸르게 얼어 잠든다

오만한 시선의 그늘 아래
늘 상대를 향하여 맹렬하게 퍼붓는 저것,
검은 제의를 걸치고 관을 메고 가는
죽음의 행렬들,
예술은 그럴듯한 포장지에 싸여
대량으로 생산되고 소비된다
금고에 쌓아두고 안심하는 예술의 외설!
탐욕에 눈이 먼 껍데기를 걸친 짝퉁의 외설!
세상은 점점 더 천박해지고
가짜는 상표 뒤에 도사린

부끄러움조차 모른다

예술이 외설적인 권력이 되고
외설이 화려한 예술로 둔갑하는
이때, 왜곡된 기호는 너무 현학적이거나 난해하거나,
개념에 치우친 기호는 일시적인 농담거리에 불과하고
거대 자본주의와 파시즘과 전체주의를 조롱한다

오물의 비평은 허위의 힘에 찌든다
끼리끼리 뒤를 봐주며
언론을 가지고 그림자놀이를 하며
어둠 속에서 히히덕거리다가 제단을 장악한다
더러움은 상전계급의 배꼽에 낀 땟자국이다
얼마나 우아한가!
저들끼리 선전 선동을 하며
저마다 줄을 세우는 꼴이라니!

지식인의 포장지는 미끄덩거린다
눈초리를 희번득거리며
온갖 점잔을 뗀다
뒷거래에 능숙하고
가짜 뉴스는 끊임없이 어리석은 대중을 선동한다
당대의 비평은 이상한 이름을 내세워

모두를 미치광이로 몰아간다
새로운 아방가르드는 미친 놀음에 불과하다
기껏해야 고전의 동어반복일 뿐,
미래파라고 떠들지만
그곳에 미래는 없고
과거가 하품하거나 딸꾹질한
흔적조차 없는 무료한 계절이 있을 뿐,
의미의 지표는 덜 떨어진 채 너덜거리고
너도 모르고 나도 모르는
공허한 기호만 허공에서 비명을 지른다

힘을 부리는 자는 늘 힘에 배고프다
더러운 권력은 침묵을 강요하지만
침묵이 가장 두려운 저항인 줄 알지 못한다
위대한 노래는 가파른 비탈에서
기어오른다 미끄러지며
끝없이 기어오른다
기어오른다

승자독식의 시대!
견고한 리그를 결성한 채
독점된 언어로 카르텔을 형성한
썩어빠진 사슬을 끊어라!

이제 메시지는 마사지가 될 수 없다
피로한 세계를 더 이상 위로하지 못한다
메시지는 이미 낡았고
거리는 무표정하다
곳곳에 음울한 빅브라더가 익명의 그림자처럼
우리를 끈질기게 미행하며 감시하고
알 수 없는 코드로 메시지는 자주 공격 받고
얼치기들은 더욱 교묘하게 대중을 향하여 분노를 유발한다
메시지가 아니라 메신저를 공격하여
꼼짝 못하게 곤경에 빠뜨린다
그때 자주 등장하는 유용한 무기는 바로 외설이다
그때 사이비 언론은 제 깜냥으로
세계를 제 발 아래 두고 가소롭게 설쳐댄다
오직 보여주기 식의 전체주의 전략만이 대중을 사로잡는다
권력과 결탁하거나
미치광이 전위대의 완장을 두른 채
종횡무진, 세상을 엿같이 만든다

가짜는 진짜를 추방하고
미학은 더없이 추하게 되어
한갓 생선가게의 비린내나 풍긴다
싸구려 비평은 기껏해야 음모론 가득한
금서禁書에 불과할 뿐,

다른 이쪽과 저쪽은 마주보며
서로가 틀렸다고 삿대질하며 구호를 외친다
사이비似而非가 넘쳐나자
추악한 냄새로 행간을 채우는 표절들—

홀로 잠들지 못하고 분노하는 밤,
혁명은 슬로건의 진동과 파장을 통하여
전망 없는 미래에 충격을 가한다
누군가는 당대의 평판을 뒤로 하고
사라지기로 한다 고독한 투쟁을 위하여
자신을 오롯이 붓의 감옥에 가두고
더러운 세상을 향하여 침묵할 뿐,

한 광인狂人은 절필을 선언한다

오직 정강이 뼈로
붓을 세워 통곡한다
살갗을 도려내어 종이로 삼고
심장의 피를 짜서 먹을 삼아
진실을 갈구하며 홀로 써내려갈 뿐,
아무도 들어주지 않는
절대고독의 심연에서
얼마나 수없이 죽어야 했던가!

오직 한 마음을,
저 무심한 하늘에 찍어도
지상에서는 단 한 글자도 새기지 않겠다
꽃의 침묵에 대하여
결코 한 마디도 꺼내지 않겠다

붉은 혀를 잘라버리고,

차라리 침묵하라!
그게 최후의 예의이므로,

이제 견뎌야 한다
비린 생의 수레바퀴를 돌리며
절필의 시간을!
아득한 개화開花를 기다리며
다만 참새의 혀로 간신히,
앵무새를 죽여 그 피를 찍어 낙관落款을 찍는다
마침내 심연의 붓 한 자루로 써내려간
자신에게 보내는 간절한 유언처럼,

목록의 마지막 장을

'비움으로써' 완성한다

그물에조차 걸리지 않는 수행자처럼,
생애는 허공에 걸어놓고
무소의 뿔처럼 가리라

선禪은 반미학反美學이다

오직 스스로를 외로운 섬으로 의지하여
붓다를 향하여 예경하고 스스로 붓다가 된다

하나를 들어 올리면 이미 글렀다
아주 저 멀리 얼토당토 아니게 벗어나버렸다

코를 쿵쿵거리며 쓸데없이
미학을 추구하는 건 미친 짓이다
이 시대에 미친다는 일이 가능한가?
꽃의 울음이 솟구친다

허공의 아가리 속,
침묵의 언어로 묻는 그 자리에
분출하는 용암처럼,

고독한 선언!

꽃은 시들어 죽을 때
엄청난 씨앗을 퍼뜨린다
사라지는 적막한 허공의 근처,

마지막 시간을 향하여 솟구친다

혁명은 변혁을 위하여,
황홀한 죽음을 부르지만
결코 여기서 굴복당할 수 없다
굴복할 수 없으므로
그리하여 마침내 오랜 침묵의 사슬을 찢고
새로운 탄생을 위하여,

오래된 목록을 닫는다
익숙한 모든 것과 결별한다

악어의 늪

아직 세계가 눈뜨지 못했을 때,
아득한 시간은 태초에 눈이 멀었다
입가에 지루한 하품이나 물고
하염없이 드러누워 있었다
언어는 늪이다
은밀한 의미의 두 층위는
표면구조와 심층구조로 늪의 수면처럼 잔인하다
더 깊이 빠질수록 무의미가 의미를 낚아채 물속으로 끌어당긴다

목록이 채 열리기 훨씬 전,
꿈꾸는 빛의 말들은 기적처럼
신세계를 이루어 눈부시도록 아름다웠다
사랑과 축복, 친교와 나눔을 통하여 소통하고
신과 사람, 풀과 나무와 동물들이 어울려
화음을 이루며 춤추고 노래하였다

더 알 수 없는 세월이 흘러가고,

하늘의 저편이 어둑해지며

불길한 전조前兆가 대지에 내비치자
어둠과 그늘, 죽음과 저주,
슬픔과 울음 따위의 음산한 말들이 넘쳐나
산맥과 강을 이루고 바다로 흘러갔다
그리고 세월에 침식되어
물웅덩이에 고여 부글거렸다
그곳은 더러운 늪으로 변하고
악어는 새끼를 키우며
지독한 권태를 뱉어내다가
늪은 수면을 경계로
표면과 심층에 의미 없는 덫을 놓고
물이끼를 잔뜩 피웠다

어느 날,
목록 밖으로 뛰쳐나온
알 수 없는 허기를 물어뜯기 위하여
악어는 거짓의 눈물을 숨긴 채
수면에 눈동자를 걸치고
지루하게 기다리고 기다렸다

늪은 고여 있는 게 아니라
끊임없이 내부에서 부글거리고
그 동안 조용한 혁명을 위하여

악어의 발톱은 더 강하고 날카로워졌다
어느 누구도 일찍이 경고하지 않았다

—자칫 여기에 속으면 목숨을 버리리라—

늪은 악마의 아가리처럼
단숨에 목덜미를 낚아채고
목록의 급소를 물고 허공에 흔들 것이다

어느 날,
위험한 이곳을 지나치다가
한 마리 얼룩말이 늪가에 서성거리며
악어에게 물었다

—넌 얼마나 오랫동안 그곳에 있었니?

—나도 잘 몰라,
하지만, 내 정수리에 잔뜩 낀 이끼를 보면
꽤 오래 된 것도 같아

—그러니? 난 여기가 처음이야
우리 서로 인사나 하며 친하게 지낼까?

—좋아, 썩 좋은 생각이야

좀 더 가까이 다가가기 위해
얼룩말은 한 발을 늪 속으로 집어넣었다
슬픈 듯 악어가 천천히 눈을 뜨고
스르르 다가오며 아주 순하게 말했다

—더 들어와도 돼, 우린 친구잖아

—그래, 그렇지 우린 이제 서로 믿어야 돼

—그럼, 자, 어서 들어와 봐! 여긴 얼마나 시원한데,
이 안에 들어오면 저 태양도 따갑지 않아

꼬리를 흔들며 남은 뒷다리마저
얼룩말은 늪 속에 담그려고 하였다
노을의 눈썹이 흔들렸다 아주 잠깐,
그 순간, 악어는 얼룩말의 뒷다리를 잡아채
어금니로 꽉 깨물어 마구 흔들었다
허우적거리며 얼룩말은 비명을 질렀지만
악어가 눈물을 흘리는 동안,
얼룩 줄무늬들은 점점 수면 아래로 사라졌다

목록이 잠시 출렁거린다

비명을 지르기 전,
꽃이 다가와 속삭였다

―아파도 참아,
한쪽이 다가가면 한쪽이 사라지는 거야
이렇게 세계의 목록은
서로 늪에 잠겨 살아가는 거야

얼룩말의 입에 꽃의 비명이 걸리고
늪에는 두 가지 꽃의 의미가 부글거린다
소통이 되지 않는지 고개를 갸웃거리며
서로를 애타게 불러내고 있다
도저히 가닿을 것 같지 않은
이미지가 가득 고인 늪에서
어느 것도 갇히면 이미 낡은 것,
그건 곧 꽃의 죽음이다

과거란 한때, 점점 거슬러 올라가
어느 출발점이었으리라
아주 알 수 없는 까마득한 날,
우주에는 어제가 없는 그런 날이 있었으리라

우주가 점점 팽창하며
무수한 어제가 태어나고
알 수 없는 미래가 오늘을 갉아먹다가
다시 그걸 채우고

아득한 날
얼음운석 속에서 명명命名하지 않은
사물이 눈을 뜰 때,

악어는 얼룩말과 친구가 될 수 없다
악어의 입속이거나 얼룩말의 뒷다리 사이에서
꽃은 늘 주저주저하다가
시간의 덫에 갇혀 시들고 만다
꽃은 늪에 빠지고서야
제가 한때 비로소 꽃이었다는
과거의 시제를 알자마자 즉시 죽는다

좀 더 정확하게 말하면,
모든 것은 목록을 열려고 하자마자
그 자리서 목록으로부터 멀리 사라진다

악어는 애초부터
꽃을 삼키려고 한 게 아니라

얼룩말이란 이미지를 데리고 늘 허기를 달랬다
얼룩말이 어느 날 다가와 말을 걸었듯이
참지 못할 그 무엇은 늘 파멸로 이끌었다

악어는 무엇이건 물어뜯지만
물어뜯긴 건 아직 아무 것도 없다
악어가 그토록 끈질기게 물어뜯은 건

허공일 뿐,

악어는 얼룩말을 노리다가 늙어가고
목록의 저편으로 사라졌다

제 자리에서 움직인 적도 없는지
꽃은 표정조차 그대로다
그럼에도 꽃은 반드시 그 자리,
다시 나타난다

지루한 놀이!

더러운 늪은 늘 부글거린다
누군가는 입속에 감춘 혀를 참지 못해
기다리는 동안에도 무수히 털이 돋아난다

혀의 우화는 끔찍하다

한 유대인 랍비가 있었다

어느 날,
하인에게 심부름을 시켰다
시장에 가서 가장 맛있는 걸 사오라고 말하자,
하인은 혀를 사왔다
이틀쯤 지나서 랍비는
하인에게 다시 심부름을 보냈다
오늘은 가장 맛없는 음식을
사오도록 하였는데
하인은 또 혀를 사왔다
이상하게 여긴 랍비가 하인에게 물었다

"너는 알 수 없구나
내가 맛있는 걸 사오라고 해도
너는 혀를 사왔고,
가장 맛없는 걸 사오라고 해도
너는 똑같이 혀를 사왔다
그 까닭을 말해 보겠느냐?"

하인이 대답하였다

"혀는 아주 좋으면
그보다 좋은 것이 없고,
또 나쁘면 그보다 더
나쁜 것이 없기 때문입니다"

혀는 침묵보다 못하지만
늘 입 안에 숨겨 둔 이유가 있다
자주 꺼내어 쓰지 말라는 까닭이 되리라

혀는 그래서,
자신을 베거나 내려찍는 칼이나 도끼가 되기도 한다

꽃은 그 자리가 불편하다
그래서 시인은 말을 꺼내기 전에 망설인다
꽃은 사라지길 원한다
원래 있던 그 자리,

목록의 밖으로!

자주 멍든다, 시인은

시인보다 꽃이 더 쉽게 멍들고
하나의 멍으로 또 다른 멍을 기다리며
마침내 찬란한 꽃을 피운다
분분하게 날리는 꽃비 속으로
얼마나 멍들이 아파했는지,

세상은 온통 멍투성이다
누구나 제 몫의 멍을 삭이며
시푸르둥둥한 시간을 지나간다
누구나 제 멍이 가장 고통스럽다고 여기며
멍이 가라앉을 동안 매만지며
멍을 살살 달랜다
멍은 달랜다고 사라지거나 가라앉지 않는다
그저 시간이 약일 뿐,

시간은 녹슬고, 녹이 녹을 먹으며
녹은 녹으로 더 오래 견디는 힘이 생긴다
녹이 뒤덮인 쇠는 천천히 삭아 오래 견디는 힘이 있다
마음이 녹슬면 언어의 목록은 뒤죽박죽이 되어
언어의 집이 허물어지고 말리라
무너진 집에서 시인은 속수무책이다
멍과 녹은 시인이 살아서 겪어내야 하는 일종의 강장제 같은 것,
멍을 통하여 푸르른 하늘을 알고

녹을 통하여 붉은 노을을 알리라

꽃은 멍을 통하여 개화한다
개화는 고통이다
거친 땅에 뿌리 내려
비와 바람과 눈, 무자비한 발자국을 견디며,
찬 얼음장을 뚫고 연약한 손가락을 내민다
지문이 다 닳은 손가락으로 약속하는,
저주받은 하늘을 향하여 흔드는 무수한 암호들!

지상은 꽃밭이다
저 흔들리는 꽃보라의 향연!
보라,
우리는 모두 얼마나 연약한 손가락들인지!

혁명

너는 누구냐?
도대체 그림자조차 없는 너는,

다만 꽃이라 부르기로 한
그 이전의 너는,

참으로 태어나지 않은
아주 아득한 시간을 거슬러가서
결코 본 적조차 없는,

늘 시퍼렇게 날 선 너는 누구냐?

나는 알 수 없다,
그래서 도저히 말할 수 없으므로
세상에다 외친다

선禪은 무엇인가?
시와 선이 한 가지 맛이라 하지만,

모른다,
알려고 하면 이미 걸리고 만다
누군가 처음으로 물어올 때
마지막 대답은 늘 알 수 없었다
꽃을 말할 때 꽃에 의지하지 않고
꽃을 말해야 한다 나비를 불러 나비를 지우고
꿀벌을 지우고 햇살과 바람을 지우고
계절이 춤추는 모습조차 지우고,

드디어 꽃이란 이름마저 지운다

꽃은 다 지워지고 난 뒤
더욱 분명하게 그 자리에 드러난다
시인은 그제서야 꽃을 그린다 이렇듯
하나를 지우고 다른 하나를 새겨야 한다
붓이나 종이 없이 그림을 그리되
꽃의 흔적조차 남기지 않는다
여운은 남기되 온갖 모습을 지우고
알 수 없는 꽃밭의 기억을 더듬어
오직 꿈으로 노래해야 한다
멀지 않은 시간의 건너편,
시든 꽃을 먼저 보낸 슬픔을
뼈저리게 깨달아야 한다

이 물음 앞에 꽃이 있다
먼저 이 물음에 답할 수 있어야
꽃이 무엇인지 말할 수 있을 것이다
꽃의 모양과 색깔을 지우고
오직 지금, 꽃의 불안에 직면해야 한다
닻을 내린 빈 배처럼
파도에 흔들리지 않아야 한다
누가 마음을 불러 노래하는가?
누가 꽃을 혀끝에 올린다면
이미 꽃은 물 건너갔다

누가 나에게

꽃을 묻는 찰나,

나는 꽃을 모른다고 대답할 수밖에 없다

오직 의심할 뿐,

선의 경지는 지상에 남은 마지막 물음표인가?
선은 의식의 혁명이다, 마음의 전복을 통하여 다다를 수 있는
최고의 경지다, 다만 혁명은 기존 질서와 체제의 전복이 아니라

언어를 먼저 차지한 무리의 헛헛한 하품에 불과하다
진실한 목소리가 아예 그곳에는 들리지 않고
또 다른 폭압을 위하여 잠시 위장술로
어리석은 대중을 기만하는 것일 뿐,

꽃은 그릴 수 없고 말할 수 없다
영구미제의 사건일 뿐,
그림자가 단순한 그림이 아니듯,
말은 의미를 떠난 고독한 오랜 여행자일 뿐,
순례의 여정은 아직도 남았다

뭉게뭉게 구름이 일어나듯
도대체 마음은 그릴 수 없다
그냥 붓으로 그리고
눈으로 보고 혀로 말하는
단순한 그림이 아니다
기막힌 역설은 도무지 인기척이 없다
언어가 가난한 목록의 구석에 있으므로,
꽃의 씨앗 안에 우주가 깃들 듯
어느 누구도 감히 헤아리지 못하리라
꽃의 심기心氣를 건드리지 못하리라

그러나 어쩌랴!

문자에 의지하지 않으면
아무것도 드러낼 수 없기에
불완전하고 불편한 꽃의 언어를 빌려
뜻을 마구 헤집어
구차하게 요모조모 그려낼 수밖에,

그러니 '언어의 절벽'이 아니랴!

말 길이 끊어진 그 지점,
바로 여기
지금!

꽃은 그대로 드러날 뿐—

너무나 선명하게
이제 고독한 영혼을 드러낸 한 줄기,
예술의 길을 호젓하게 걸으며
꽃이 홀로 걸어온 강기슭을 거슬러 가보자
강둑을 따라 그 원류를 찾아가는 동안,
거칠고 모진 시간을 견디며
때로 제 발걸음에 채여 고통스러울지라도—

길가에 넘어진 꽃대는

땅을 짚고 또 일어나야 한다
넘어진 그 자리에서 홀로 서야 하는,
그곳이 마땅히 제 자리이기도 하므로
꽃을 말하기 위해서는
먼저 꽃이란 뜻을 사무치게 안고
흙투성이가 되어 오물 질척이는 길에서
돌부리에 채여 넘어지고
코가 깨지고 무수히 고꾸라질지라도
다시 꿋꿋하게 일어서야 한다
무엇보다 꽃에 사로잡히지 말고
꽃이란 말에도 걸리지 말고,

오직 맨발의 붓으로
홀로 세상을 써내려가야 한다

오물로 질척이는 더러운 땅에다
저주의 칼을 드는 대신 꽃씨를 뿌린다
호미를 들고 꽃을 심고 가꾸어
홀로 싸워 이겨야 하리라
질식할 만큼 갑갑한 시간을 견디며
어디에도 집착하지 않고
꽃의 모가지조차 베어넘기고
궁극에는 꽃의 뜻마저 버려야 하리라

누구도 쉽게 꽃을 말하지 못한다

이 세상의 마지막 날,
어느 누구에게도
친절하게 말을 걸지 않으리라

꽃은 제 혀를 삼킨다 질식하여
꽃이란 말을 온전히 삼킬 때까지,

지옥이라도 그저 오는 게 아니다
간절하게 원하는 사람에게만 허락된
안락사로 가는 도산지옥은 극락보다 찬란하다
저 너머,
무엇이 있을까?

쉽게 너무나 쉽게,
내뱉지 않아야 하리라
더구나 한마디로 싹둑,
잘라 말할 수는 더더욱 없으리라

누가 혀끝에 꽃을 올리는 순간,

꽃은 이미 저 멀리
침을 뱉으며 달아날 것이다
비루하고 더러운 혓바닥을 놀려
이러쿵저러쿵
꽃을 분별하고 난도질하는 순간,
어느 누구라도
제가 가짜라는 걸 스스로 말할 뿐,

그러므로 기억하라,
이 자리를 빌어
먼저 정직하게 밝혀두어야 하리라

나 자신이 가짜라는 사실을—

가짜가 말하는 죽은 꽃의 언저리,
누런 이빨에 잔뜩 치석이 끼어
도무지 요량할 수 없는
악취가 천지를 진동할 것이므로,

바라노라! 진심으로
누구라도 코와 귀를 막고 혀조차 깊숙이 말고

꽃의 중심으로 들기를,

혁명은 피를 부른다
꽃은 피가 양식이다
꽃이 외치는 구호는 피를 뿌리며
포자나 곰팡이처럼 세상에 퍼진다
선전 선동은 꽃의 나팔수가 할 일이다

혁명의 뒤는
또 다른 혁명을 초대하기 전
아주 잠깐 동안의 휴식이다
누리는 자는 진정한 혁명이 아니라
자신의 탐욕을 위한 게임을 한 것에 불과하다
이때 모든 꽃받침은 일종의 소모품이므로, 천연 그대로
시들기 전에 먼저 죽임을 당하거나 내팽개쳐진다

꽃은 멍투성이다
그래도 혁명은 계속되고
구호는 매일 새롭게 마음보다 더럽게 먼저 펄럭이고
바람보다 먼저 찢어져 제 풀에 낡아 사라진다

꽃의 골반

함정이다
꽃에게 격格이라니!
그걸 따지는 건 제 무덤을 파는 것,
꽃이 너스레를 떤 적이 있던가?
난초나 민들레나 쑥부쟁이나
흙 묻은 질경이나 똥 묻은 노루귀나
고라니가 뜯다만 붓꽃이나
베어 넘겨진 참미나리이거나
아무래도 상관없다 꽃은,

그 이름 너머 이미 꽃이다

꽃은 격이 없다

있지도 않을 뿐더러
없지도 않으므로 이미 틀렸다
말을 꺼내면 갈팡질팡하기 일쑤다
여기는 위험하다
이 부근은 너무 어지럽다

꽃의 근처!

무엇보다 얽매는 속성이 있으므로,
그 덫에 걸리지 않아야 하리라
규범이나 법도나 모든 격식 따위는
딱딱하게 굳은 목록의 껍데기를 말할 뿐,
아무리 솜씨 좋은 정원사도 꽃을 두려워한다
틀에 박힌 솜씨는
스스로를 훔치는 일,
지루한 반복은 권태에 다름없지 않은가?
꽃은 저만치 홀로 꽃을 피운다
오직 푸른 바람의 언어로
어느 누구의 간섭도 멀리하며
저 혼자 물끄러미 세상의 문을 열었다가
시간의 강을 건너가며
점점 시들어간다

한 줄의 시를 쓰기 위하여
우선 진실이란 절벽에 직면하여야 한다
서둘러 문장부호를 챙기지 말라
그냥 호젓하게 아무도 이전에 가지 않은
길을 홀로 뚜벅뚜벅 걸어가라

이미 본 것 같은 낯익은 세계는
결코 꽃이 아니므로—

세상에 이름 붙인 건 이미 낡았고
누구라도 이름에 갇히면
진실한 마음은 저만치 달아나버린다
누구도 예전에 불러보지 않은
지상의 꽃을 홀로 피우기 위하여
꽃의 골반을 굳건하게 받치며
불안한 '나'를 견디며
오직 마음에다 깊숙이 뿌리박는다

근원적인 불안이 엄습하면
자주 희망이라는 스테로이드를 처방해야 한다
백해무익한 이상한 처방전,
지레 겁먹을 필요는 없지만,
약효는 여전히 미지수다

틀에 맞춘다는 건 얼마나 쓸모없는 짓인지
예술이 틀 안에 갇혀 피가 통하지 않는
박제된 외설이 되는 순간,
지상의 꽃은 사라지고 만다

세상에 떠도는 말은 얼마나 부실한지
꽃의 그림자조차도 쫓지 못한다
그럼에도 안절부절 못하는 나는
꽃을 빌어 꽃을 말해야 하므로,
얼마나 자주 절망하는가?
그림자를 잡기 위해 쫓아갈 때마다
나는 꽃을 훔친다 표절과 모방을 통하여
신성한 거처를 자주 침범하는,

참 부끄러운 나날,
겨우 꽃의 근처로 엉금엉금 기어간다
마지막 날까지 기어가다가 가닿지 못한 채
꽃은 이미 시들어 죽고
나도 막 사라지고 말 것이다
허공처럼 목록이 펄럭거리며
나를 삼키고 꽃을 삼킬 것이다
차곡차곡 모든 걸 지워나갈 것이다

파지破紙만 수북한 꽃의 무덤가,

그림자의 반란!

전형典型이 되는 게 대수인가?

오랫동안 눌어붙은 티끌을 떨쳐낸 자리!

거기, 한 점
꽃을 그린 보이지 않는
투명한 그림이 있다

그 건너편은 참혹하다
낯익은 광경들,
케케묵은 상투성은 대량으로
플라스틱 틀에서 마구 쏟아진다
꽃의 탈을 쓴 가짜들!

세계는 표절하지 않으며
시간은 복사되지 않는다

허공을 비추는 길든 눈동자!

가짜는 낯익고 진짜는 낯설다
가장 미세한 세계는
가장 거대한 우주와 닮았다
보라!
원자는 곧 태양계의 모습,
결코 표절하거나 복사하지 않았다

아주 우연이거나 기적이지만
우리는 오직 상상만으로
마침내 한 줄에 불과한 수학공식으로도
세상을 아주 단순하게 그릴 수 있다
모조품은 너무 말이 많다
끼리끼리 모여 숙덕거리거나 수다스럽다
그래서 더 시끄럽다
혀가 빠지도록 화려하기 마련인가?

거짓은 허공의 꽃,
잠깐 눈을 속일 수 있으나
마음은 결코 속일 수 없다
눈으로 보는 게 아니라
마음으로 보면 거의 틀림이 없다
'비슷하면 가짜'라는 말이 있지 않는가?

꽃은 이름만으로 꽃이 아니다
어떤 비슷한 이름을 갖다 붙여도
꽃을 온전하게 그릴 수는 없다

꽃은 꽃일 뿐,

지상의 어느 이름 없는 꽃조차도
다른 꽃의 흉내를 내지 않는다
오직 꽃의 언어 밖으로 홀로 벗어나고자
탈격脫格을 지향한다
허울 좋은 이름뿐인 꽃이 되기를
거부한다

꿈은 영양제다
살아있기에 반드시,
혹은 일부러라도 챙겨 먹어야 하는
비타민 같은 것,
꿈 속에서 나비는 여러 사람을 만난다
프로이드와 칼 융과, 촘스키, 소쉬르, 가스통 바슐라르,
비트켄슈타인, 아주 너절한 평론가 등등,
행성의 모든 개들이 동원되어 꿈을 분석한다
꿈속에서 다른 꿈을 헤매다가
깨다가 말다가 망령에 사로잡힌 노예가 되기도 한다

이미지에 사로잡힌 자동기술가,

귀신이 불러주는 대로
신명이 나서 미친 무당처럼
꽃대를 흔들며 주술을 읊으며

설산의 호수에서 두, 둥, 둥, 북을 울린다
천상의 소리가 호수를 한 바퀴 빙 돌아
카일라스를 향하여 오체투지하며 순례를 계속한다
바람의 경전은 언덕 위에서 펄럭거리고
헐떡이는 야크는 허기진 채
제 등의 무게에 눌려 고산을 넘어간다
생애의 무게를 견디며
산소포화도는 위태롭다
푸른 정맥이 드러나고
아찔한 현기증과 구토가 몰려오면,

하산이 유일한 방법이다

살려면,

다시 오른 길을
되돌아 내려가야 한다.
근원으로부터 멀어질수록
뒤돌아서 다시 그곳으로 돌아가야 한다
고향으로 돌아가야 한다
돌아가는 길은 늘 아래로 향하여 있다
모든 생명의 궁극적 회귀는 낙법이다
낙법을 통하여 생멸은 완성되므로,

누구나 제 길을 가고,
제 길이 올라가는 길인 줄 알지만
알고 보면 그것은 내려가는 길일 뿐,
찰나의 착각 때문에 고통 속에서도
희망이라는 허깨비를 잡으려고 까치발을 하고
먼 곳을 응시한다
잡힐 듯 잡히지 않는,

희망은 절망이다
오르는 길은 모두 다,

내려가는 길이다.
제 관棺을 제가 지고
죽음의 구덩이 속으로,
피와 살이 녹아 뼈를 만드는 지하의 구멍 속으로
저 암흑 아래로,

외지고 황량한 곳일지라도
무엇보다 꽃은 격을 벗어난 자리에 있다

예술은 어디서 비롯되었을까?
그 출발점은 시원始源의 씨방에 있다

잠재된 기억을 쉬지 않고 내뱉은 오래된 곳,
이전에는 결코 누구도
그곳에 다가간 적이 없다
탐험은 아주 위험하고 자칫하면,
목숨을 앗아갈지도 모른다
단 한 번도 시도하지 않은
새로운 '눈뜸'의 찰나,
비로소 꽃을 피우기 시작하므로,

꽃은 꽃의 법에 의지하되
땅과 바람과 물을 저만치 벗어나
이미 길든 상투적인 꽃밭을 기피한다
고통스럽지만 흔한 씨앗의 길을 벗어난
그 자리에 새로운 탄생의 울음이 질펀하다
딱딱한 표피를 스스로 찢고
씨앗은 꽃을 피운다
대궁을 건드리는 심술궂은 바람을 견디며
나비와 벌을 불러 우리에게 보여준다
숨 막히는 절정을!

한 송이 꽃에도
부처의 성품이 있는가?
부처도 죽이고 언어도 죽이고,

마침내 꽃의 씨방이 터져
눈 먼 세계를 번역翻譯하다가
황무지에서 모조리 꽁꽁 언 채
제 스스로 썩어 죽고 난 뒤에라야
환하게 드러날 것이다

새로운 꽃의 자리!

바람의 수화手話를 익히려면
꽃의 자리를 함부로 들락거리지 말라
연약한 저 꽃의, 흔들리는
대궁을 보라
모진 비바람에 척추를 세워 견디다가
오직 푸른 바람에 갈아낸 낫으로
무명無明의 잡초를 싹둑,
베어낸 자리가 저리 환하다
격格을 타파한 자리가 시퍼렇다
거기, 멍든 울음이 고여 있다
침묵이 비로소

말을 걸기 시작하는 곳,

득음得音의 경지!

마치 꽃잎이 활짝 피듯
눈이 열리는 찰나,
귀 명창은 소리를 읽는다
꽃이 열리는 숨소리를 듣는다
숨 막히는 답답한 꽃밭
에두르지 말라 늘 부는 바람의 길,
정형과 예측을 뒤엎고,

활짝 열린 마음의 눈동자로
한 점,
꽃의 심장을 어루만진다
아직도 따뜻한 피가 흐르는
거기, 한 줄의 노래를 얹어
자신만의 목소리로 노래하는지
자유로운 꽃의 필묵이야말로
선의 꽃이 지향하는 세계라 할만하다
어느 곳에도 묶이지 않고
자유로운 경지에서
무심을 노래한,

마음의 그림!

곧장 시린 마음의 눈동자에

한 점을 찍는다

비우기와 지우기

계절은 우울하지만
그 우울을 뒤에 두고 꽃은
어김없이 계절의 문고리를 잡고 두드린다
꽃밭에서 꽃을 찾아도
꽃은 어디에도 없구나!
눈앞에는 고운 무지개
등 뒤에는 아지랑이 피어올라
아이 마음처럼 한때는 저리도록 설렜는데
꽃은 어디에 있었던 걸까?
평생 숨바꼭질이나 하며
그림자가 그림자를 쫓고 있구나

꽃의 시선은 불완전하다
더욱 여백은 뭔가 허전하다
그리고 하염없이 기다리다가
열정보다 먼저 사라지기 마련인가?
눈 먼 안개처럼
보이지 않는 저쪽이 다가오며
희미한 손을 내밀 때

채워지지 않는,

살아서는 한 번도 채운 적 없는
허기 같은,
혹은 여백 같은 그리움인가?
버려진 폐허에도 꽃대는 일어서고
넘어진 곳에서 땅을 짚고 일어서야 하므로
두 무릎과 장딴지는 강건하다, 아직도
쓸 만한 필력으로 땅을 종이로 삼아 써내려간다

허기 같은 것,

여백은 늘 자리를 비워놓고 기다린다

한 송이 꽃조차 미완未完의 세계인가?
절제를 통하여 긴장을 유지해야 하는지
꽃의 의미는 괄호 속에 묶인 채
제 속을 모조리 게워내고
허기조차 몽땅 비워낸다
그리고 고요한 침묵의 시간에 든다

말할 수 없는 것에 대해서는 침묵하지 않으면 안 된다

여백은 꽃의 마음인가?

한 알의 씨앗은
선정禪定에 들어 시간을 비우고
숲의 목관악기가 바람에 살랑거리면
묶어두었던 허리춤의 괄호를 푼다

괄호는 답답하다
괄호는 갑갑하다
괄호는 그 속에 또 다른 괄호가 숨어있다
(   ) 속에 알맞은 말을 써넣는,
어릴 때부터 수없이 보아 온 시험지,
우리는 괄호에 갇힌 채
늘 불안하고 초조하였다
괄호 밖으로 탈출을 꿈꾸지만 아직도
괄호 한쪽도 허물어뜨리지 못하고
평생 그 주변에서 우물쭈물하거나, 어슬렁거리다가 죽는다

계절은 몸살을 앓고 있는지
나무들의 물관은 점점 부풀어
새의 둥지를 품은 우듬지까지 오른다
그럴수록 뿌리는 더 아래로 내려가
안으로 깊이 드는지

흙의 살갗으로 파고들어
더욱 가벼워진다

가벼운 생이여!
농담 같은 잠깐의 머뭄이여!
아무리 천하장사라도
보라,
제 한 몸보다 무거운 살덩이는 지고 갈지라도
기껏해야 한 줌도 되지 않는 제 마음은 지고 가지 못하네
몸은 하루나 이틀, 제 때 잘 비우지만
마음은 비울 줄 모르니
티끌에 찌든 마음은 어디서 빨아야 하나?
채우는 데는 능하나
비우는 데는 서투니
지금 인류세의 말기,
언어는 군살이 덕지덕지 붙어 제 스스로 주체하기 어렵구나
이제 모음은 점점 사라지고
축약된 기호는 암호처럼,
은어로 소통하는 어둠의 언어,
메마른 나뭇가지처럼 딱딱하고
인화성이 높은 휘발성의 자음만이 스피커폰으로 울린다
그늘의 웅얼거림만이 지친 파동을 통하여
우주를 관통한다

마음보다 광활한 우주 속을 꿰뚫고 지나가기 위하여
잠시 천진한 원시의 마음은 비껴 서있다
기꺼이 길을 내어준다

어디 있으랴!
뿌리 없는 목숨이여,
미친 바람은 끈질긴 유목민의 자손,
달리는 말 위에서 초원을 호령한다
안간힘으로 하늘로 오르기 위하여
더욱 아래로 내려가는 법을 알고 있는지
무엇보다 먼저 스스로 빈 칸이 된다
연녹색 빈 칸은 생명을 먹여 살리는 풀밭,
여기서 모진 목숨은 묵직한 침묵에 든다
또 다른 잉태의 시간을 기다리며
비워냄으로써,
채워지기 위하여
기꺼이 굶주린 짐승의 양식이 된다

불안한 시선의 가장자리,
모호한 테두리는 값싼 그리움인가?
그럴듯하게 채워야 보이는 법인가?
채우면 채울수록 허기만 더하고
눈동자는 흐릿하여 탐욕에 일렁거린다

겉으로 보이는 세계가 다 말하지는 않으므로
자주 멈추고 침묵하여야 하리라
여윈 무릎으로
가까스로 척추를 세우고
꽃의 턱에 한없이 손바닥을 괴고 있는
저 미륵반가사유상을 보라
얼마나 오랫동안,
푸른 이끼를 밟으며
걸어온 길마다 물음표를 던졌을까?

한갓 제 그림자에도
눈과 귀에 걸리고 코가 막히면
마지막으로 혀만 남아 시끄럽게 떠든다
게다가 마음마저 걸리면 어쩔 도리가 없다
순식간에 사라지는 꽃의 거처!
대체로 추상이든 구상이든,
화면을 가득 채운 꽃의 모습에 걸리면
거기에 사로잡힌 시선의 포로가 된 뒤에야
비로소 그림을 본다고 말하는지,

불구不具의 시선들!

그림의 시초는 어디로 거슬러 갈까?

그리고 그 끝은 어디쯤일까?
아마도 '채움'에서 비롯되었을 것이다
그러다가 점점 부어오른 색깔을 빼다가
나중에는 아예 뭉개거나 지워버린다
최후에는 모조리 텅 비워내고,

지향한다, 꽃의 필법筆法은

채움보다는 비움으로
원심보다는 구심으로
발산보다는 수렴으로,

순간에서 영원으로
유한에서 무한으로,

그 지점에 비로소 천 길이나 되는
아찔한 절벽에서 뛰어내린다
허공마저 무너질 때,
마음의 눈으로 노래하는
선禪의 풍격風格이 휘날린다
남은 흔적마저 지워질 때
이름 붙일 수 없는 미지의 저것,
여기에서 꽃은

찬란하게 아름다움을 드러낸다

결기決氣에 찬 꽃의 경지!

비로소 가부좌를 틀고 있는,

고요한 꽃의 선방禪房!

침묵의 경지는 한 폭의 그림인가?
오직 마음에서 마음으로 전하여
비로소 응시의 눈길을 던지는 순간인가?

천지에 가득한 가을,
풀벌레는 밤 지새워 우는구나!
돌아가야 하는 길이 마냥 서러운가?
아닐 것이다, 누가 물었다

—나무가 시들고 잎이 떨어지면 어떻게 될까?

—온몸이 드러나고 금빛 바람이 빛나겠지

뒷모습이 빛나는
진경眞景을 드러내어

숲은 말을 건다 오직 묵언으로,
온몸으로 말을 걸기에 더없이 기쁘지 아니한가?
소멸로 향하는 발걸음이 가볍지 아니한가?
구음口吟으로 내는 소리에 익숙한 사람은
도저히 아득한 경지를 알 수 없다

시는 한 폭의 선화禪畵!

단 한 번의 붓질로 그려낸,
선화는 그리지 않은 그림이다
어느 화가도 건드리지 않은 진면목일 뿐,
벙어리는 상대의 입술을 읽고
귀머거리는 흐르는 공기를 귀의 뼈에 기대어
그 미세한 떨림으로 뜻을 알아챈다

사실, 꽃을 감상하는데
귀와 눈은 오히려 방해가 된다

보지 않고 말하지 않는 그 지점,
언어의 절벽에서 몸을 날린다
그곳에는 꽃의 절대음감이 존재한다
악보를 읽지 않고 연주하는 바람처럼
사막에서 사구砂丘를 쓰다듬는다

굳은 자세를 풀고 행선行禪하는 발걸음처럼
육감을 떠난 직관의 세계 너머
투명하게 우뚝 선,

허공의 벼랑!

뛰어내리자마자,

마음으로 그린 그림이 된다

더할 것도 덜어낼 것도 없이
언어의 껍질과 속살이 그대로 이개진 채
목록에 수록된 표지와 의미는 차별이 없다

이 순간,

붓은 곧 자연이 된다

중도中道의 경지에 닿으면—

환하게 드러난다,

진흙 속에 핀 연꽃처럼!

꽃은 꽃을 지우고
나는 나를 지운다, 마침내 내가 사라지고
허공에 아로새긴 묵언의 느낌표!
주객마저 지우기 위하여 세계를 열던
알 수 없는 목록마저 버린다
티끌을 잔뜩 담고 있던,
저 오물의 보자기를 풀어헤치고
까마귀가 불길하게 우는 늦은 가을날,
사라질 것이다 나는
사라지기 위하여 이 땅에 왔으므로
지움으로써 새로운 목록을 열고
비움으로써 묵은 목록을 덜어낼 것이다
나는 이제 목록의 밖으로 걸어나가
알 수 없는 다른 목록에 귀속될 것이다
목록은 찰나에 사라졌다가
수억 겁劫 동안, 시들지 않는

꽃을 활짝 피우리라

귀를 막고 노을의 붉은 배경에 나를,
나의 불안을 드러낸 채,
지끈거리는 두통을 견뎌야 하리라

뭉크의 절규는 무엇일까?
놀이하는 인간, 호모 루덴스여!
이제 불우한 세기, 놀이에도 지쳤으니
오직 공포와 두려움, 경악과 히스테리아,
공황증과 불안증후군 등,
이상야릇한 세상에서—

왜 그 따위 그림을 그려 세기말의 풍경을 압도하는지
우리는 지금 모두 불안의 자손이다
오직 불안한 밤을 보내기 위하여
아무런 준비도 하지 못한 채
머리를 감싸 쥐고
긴 우울과
권태의,

어두운 강을 건너가야 한다

차마 비우지 못하고

차마 지우지 못한

나를,

저 허공의 되풀이를,

그리지 않는 그림

그리지 않은 그림이라야
비로소 그림이라 말할 수 있다
누가 절명絶命을 말하는가?
저물 무렵 환장하도록 눈부신 노을을 바라보라
저 할복割腹하는 단좌端坐의 소름을,
붉은 피 왈칵 쏟으며 앞으로 스러지는
하늘의 장엄한 침묵을,

주인은 누구나 될 수 있지만
아무나 될 수는 없다 진정한 주인은
즐길 줄 안다 아무리 빼어난
절경일지라도 즐길 수 있을 때라야
비로소 절경이다
그림 속 산해진미는 맛볼 수 없다
그야말로 그림의 떡일 뿐,
젓가락이든 손가락이든
손수 집어서 씹어 먹을 수 있을 때
진미의 주인이 될 수 있다

절경은 굳이 말하지 않는다
다 그리고도 그리지 못한 그림도 있지만
그리지 않고도 다 그린 그림이 있다
붓을 대지 않고도 붓을 댄 그림보다
더 그림다운 까닭은 무엇일까?
진면목眞面目은 말을 여읜다
벙어리의 혀가 잘리고
맹인의 눈동자가 뽑히고
손목이 날아간 뒤에야 붓은 자유롭다

붓이 춤추는 동안,

목록은 충만하고 생기로 가득하다
맘껏 꺼내어 써도 좋을 만큼 색은 다채롭다
이 순간 하늘에다 무지개를 걸어놓는다
색은 제 색깔을 올리고
누구나 제대로 색을 쓴다고
말할 수 있는 여기에 다다르면
온갖 색은 한꺼번에 무너져 내리고
이윽고 허공은 극락을 이룬다
허공이라야 비로소 걸작의 반열에 든다

꽃이 그림이고 그림이 꽃이다

꽃 속에 나비가 있고
나비 속에는 꽃이 있다
꽃에는 우주의 씨앗이 깃들고
그 씨앗 속에는
고요의 울음이 고여 있다
서로 자유로이 오가며 하나가 되어
차별하지 않고 분별하지 않을 때
모든 보이는 세계는
결코 눈으로는 보이지 않는 세계 너머 있다

꽃은 주객이 없다

저 멀리 시선을 벗어난
손님과 주인은 여전히 불완전하다
그 관계는 불가사의하고 불편하다
거리는 가깝거나 멀거나 불안정하고
시선은 자주 흐리거나 한쪽으로 기울어진다
무언가 모자란다는 건
완성을 향한 첫 발자국처럼
미숙하거나 허전하여 안타깝다
꽃의 기호로 소통하는 세계,
우주라는 여인숙에 깃든 바람의 노래이거나
혹은 막막한 시간의 그림자일 뿐,

꽃이 꽃을 그리는 동안
허공이 허공을 뭉개는 찰나
생각은 아득하고 저만치 그림을 벗어난다
한 송이 꽃을 피워 올리기 위하여
얼마나 비바람과 눈보라는 치열하였던지
무엇을 불러내어 그리는 일은
처절하고 고통스럽다
꽃은 억지로 꾸미거나
꼭 무엇이 되려고 뜻한 바가 없으므로
누군가 꽃을 부르기 전에 먼저
자신을 부를 수 있어야 한다
무엇인가를 말하기 전에
먼저 자신을 밝혀야 한다

무엇을 어떻게 말할 것인가?

아무 것도 그리지 않고도
모든 걸 그린 화가가 있을까?

꽃을 피우지 않고도
온갖 꽃을 피운 꽃이 있다
허공을 불러 그림자를 거두어

권태에 지친 시간의 길을 벗어나
삶과 죽음이 하나로 관통하는 순간,
죽음은 삶에서 누리는 최고의 걸작이다

꽃은 세계를 읽는 암호가 된다
풀리지 않는 수수께끼를 풀듯이
꽃의 흔적을 지우기 위하여
먼저 꽃은 시들어 죽어야 한다
하나의 목록이 닫혀야
비로소 하나의 목록이 열리듯
전적으로 꽃을 피우는 일은
작가의 몫이므로,

지금 여기,
불안에 떠는 눈앞의 꽃이거나
상상으로 지은 허공의 꽃을 막론하고
작가는 스스로 묻고
스스로 답할 수 있어야 한다
상상력은 나의 아들!
샤갈처럼, 모든 예술은 상상력의 핏줄!

꽃은 스스로 꽃이라 말하지 않고
꽃이라고 구차하게 내세우지 않고

어떻게 스스로 비춰졌는지에 대하여도
도통 관심이 없다
원시 부족 마을의 주술사처럼
화가는 최면에 걸린다
이 순간 붓은 마비되고 말 것이다
그저 손에 익은
필묵의 기량에 지나지 않는지 그는
마음대로 억지스러운 껍데기나 잔뜩 두르고
화폭에 그대로 옮기면 그뿐,

꽃의 어깨 위에 걸터앉아
바람과 물과 흙이 천천히 불러준 대로
피어오르는 한 줄기 노래처럼
차마 따라 부르지 못한다
붓의 흔적은
흐릿한 그림자에 불과한 것—

누가 그림자를 보고 짖는가?

누구라도 주인공이 되어
제 스스로 묻고 답할 수 있을 때
마음을 그릴 수 있다 꽃 그 자체로
오직 꽃을 말할 뿐,

모든 군더더기는 가라!
꽃은 뭉게뭉게 피우는 구름 같은
살찐 관념이 아니다
구름의 흔적이 남아있다면
그건 말에 걸린 눈속임에 불과할 뿐,

그림은 말없는 시로서
눈으로 부르는 노래 같은 것
무엇보다 꽃은 굳이 추구할 게 없다
언어의 흔적을 전혀 남기지 않는
저 너머 있을 뿐,

수면에 흔적을 남기지 않고
물 속을 꿰뚫고 들어간

달그림자처럼,

시는 마음에 찍힌 그림이다

아무 것도 그리지 않은
붓을 댄 흔적조차 없는
강물 위에 무심하게 떠도는
천 개의 강에 비친 달의 노래인가?

부싯돌 치면 첨벙,
은하銀河에 몸을 맡기고
햇빛이나 달빛을 받아 푸른 눈동자를 깜빡거리는 윤슬처럼,

빈 물살에 찍히는,
이미지의 춤사위들!

'월인천강지곡'

그제야 은빛 배때기를 드러낸
물고기 비늘처럼 버둥대며 쏟아지는
아늑한 물안개,
붓으로 담묵을 치며 허공을 더듬다가
새벽 햇살에 홰치며 돌아온다
달그림자 뒤로 사라진 새처럼,

이제, 치워라!

단순히 기량만 익은
어설픈 흉내나 내다가 마는
분칠이 덕지덕지한 그림을!
대량으로 여러 벌 권태나 찍어내다가
오직 꽃을 그린 그림이라고 들이미는 뻔뻔한 풍조를!

늘 경계해야 하리라

요즘은 쥐를 잡는 고양이가 드물다
고양이의 시퍼런 눈동자에 갇혀
옴짝달싹 할 수 없는
절명絶命의 순간,

검고 빳빳한 수염을 치켜들고
쥐를 데리고 노는 여유가 넘치는
야성의 고양이를 그리워한다
거친 삼베 올에 칡넝쿨 찢어
한 자루 붓을 여미고,
허공의 화선지에다 길을 새기는
무뚝뚝한 솜씨를 기다린다

가짜가 진짜를 내치는 염치없는 뜬 세상,
참된 꽃의 가풍은 시궁창에 빠지고
가짜가 향수를 뿌리고 온갖 점잔을 떨며
그게 세상에 둘도 없는
꽃의 경지에서 노래한 그림이라고
공공연히 나팔을 불다니,

처참하다

형상은 그려낼 수 있으나
그 안에 담긴 정신은 도저히 그릴 수가 없다
그 안에 숨 쉬는 기운 생동하는 도저한 골수는 말할 수 없다
입을 열면 벌써 천 리, 만 리나 멀어지므로
차라리 침묵하겠다
색色은 형을 테두리로 삼고
공空은 상을 중심으로 삼아 텅 비어 있다

속도의 시대,
무관심과 권태의 캡슐 안에 갇힌 채,
당의정을 입힌 위약僞藥은 얼마나 효력이 있을까?
플라시보 효과로 일시적으로 향상된 삶의 아첨에 넘어가서
누구라도 기분 좋은 아침을 맞이하지만
원시를 기억하라
비록 되돌아가지는 못하지만
그 유산을 지켜야 할
성스러운 의무가 우리에게는 남아있으니까,

얼마나 세상은 경박한지
흐린 바다에 일렁이는 빈 배 한 척,
닻조차 드리울 데 없구나!

파도처럼 들뜬 마음을 쉬고 이제 고향으로 돌아와
제 안을 자주 살펴볼 일 아닌가?

잠깐, 아주 잠깐,
세상을 속일 수 있을지도 모르겠다
그러나 맑고 높은 안목은
어느 곳이나 어느 시대나 있었으니,
묵묵히 마음의 눈을 뜨고
옥에 티를 가려낼 수 있으리라
초탈超脫은 먼 데 있는 게 아니다
밥 먹고 잠자고 똥오줌 싸는 것보다
더 급하고 무거운 일이 있겠는가?
묵은 쌀에 일일이 잔돌을 골라내어
너끈히 뜸 들여 한 솥의 밥을 짓듯,

붓 한 자루는 성스러운 공양이다―

미친 환쟁이가 숨어사는 오두막,
벽에는 푸른 눈동자 깃들어 있고
구들장에는 맑은 귀 열려 있으므로,
살림살이는 청빈하여 좋구나!

그저 일상이야 보잘것없으니,

죽순처럼 꼿꼿하게 서거나
엉겅퀴처럼 퍼질러져 눕거나
산에서 목구멍이나 빌고
시냇가에서 밑이나 씻으면
올곧은 붓의 한 살림이 아니겠는가?

꽃은 그저 그 자리에 두고
보이면 보고 보이지 않으면 그만,
굳이 애써서 그려본들 뭣하나?

가짜들은 가라!

화가는 그리지 않는다
이미지로 무색의 땅에서 실컷 노닐며
텅 빈 마음을 오직 침묵이란 붓 한 자루로
맹물보다 더 투명한 세계를 드러낼 뿐,
화가는 한편 시인이다
이미지를 그리는 아주 낯선,
도저히 아찔한 면도날 위에
파르르 떨며 서있는,
경계인이다

그러므로 어떤 화가도 그림을 그리지 않는다

오직 마음을 들어 보일 뿐,

한 손가락을 들어 달을 찌르듯

달의 비명,

손가락에 찔린 저 구멍을 보라

깨달음

깨달음은 무엇인가?
깨달음은 추구할 어떤 것도 아니고
달리 구한다고 얻어지는 것도 아니리라
깨달음은 그저 알 수 없는 것,
오직 모른다는 것,
그 중심으로 드는 것일 뿐,

고요한 혁명!

이미 나있는 길을 버리고
새로운 길을 뚫고 나아가려는
자기 혁신의 몸부림인가?

시는 혁명이다!
시는 바스티유의 감옥에서 걸어나왔다
갇힌 언어의 죄수를 풀어주며
횃불을 높이 들었다

지상의 모든 언어는

나를 따르라!
횃불을 따라 진격하라!
최후의 한 마디까지
최후의 한 목소리로

혁명의 전사여!

자유로운 그 길 앞에는
죽음이 입을 벌리고 타나토스의 신이 도사린다
그 지옥 속으로 들기 위하여
허무의 벽을 뚫고 지나가는 고통의 시간들,
전율과 슬픔은 자주 신음과 한숨을 부르지만
꽃은 하류下流에서 찬란하게 피어오른다
가장 바닥에 이르러야 민중과 만날 수 있다
맨발로, 축축한, 시간을 건디며
늘 젖어있는 눈알이 새까만 우리의 백성들이여!
프로파간다는 피를 용솟음치게 하노라
더욱 하류로 내려가라!
오직 침묵의 뿌리를 향하여 내려갈 뿐,
외로움에 겨워 몸살이라도 앓는 날이면
안간힘으로 몸을 낮추고도
저 우듬지까지 올라가
물을 향한 갈증을 부드럽게 뱉어낸다

숨구멍을 열고 한껏 세상을 들이마신다

백성의 언어는 깨달음 따위의 허무맹랑한 소리에는 관심이 없다
그저 세끼 밥과 물과 자유를 요구할 뿐,
거창한 공약을 시끄럽게 약속하지 말라
구호를 제창하지 말라

백성들은 오직 마음에서 마음으로,

꽃은 굳이 얘기하지 않는다
깨달음의 지극한 경지를,

꽃의 깨달음은
마음마저 잊는데 있는지
아무리 옆에서 떠들어도
묵묵하게 꽃잎만 자주 여밀 뿐,
꽃을 피운다는 건 얼마나 아픈 일인지
좀처럼 속내를 드러내지 않고
홀로 먼 산을 바라보며
지독한 외로움을 즐긴다

너무 쉽게 꽃이라 말할 때
'꽃'은 지극하게 이른 말에 불과할 뿐,

따로 이러쿵저러쿵 말할 수 있는
모호한 언저리가 아니다

꽃이 내뿜는 향기는 선禪이다
바스티유의 붉은 피는 시로 장엄하여
시가지를 행진하며 피가 참으로 무엇인지 웅변으로 말한다
피를 먹고 자라는 혁명의 묘비명이여!
그 돌덩이가 자라 우리들 새끼의 양식이 되었나니
이제야 제대로 사람으로 대접받는 세상,
우리가 지키고 이어가야 할
마지막 인내천의 세상이 아니겠느냐?

마치 눈앞에 보이는 거창한 도道인 양
누구는 그럴 듯하게 꾸미지만, 그건 아니다
오해하지 않길 바란다
꽃은 너무 쉽게 오해를 부른다
그건 꽃의 탓이 아니다 꽃을 탓하기에는
속된 안목이 너무 부끄러울 뿐,

누가 깨달은 체 하는가?

다스리는 자와 다스림을 받는 자는
무엇이 다른가?

다를 게 전혀 없는데
다만 한 가지 이유뿐,
이때 언어는 극도의 선전 도구가 되나니,
내 뒤를 따르라고 외쳤던
수많은 위선자들, 그리고 탐욕의 화신들,
지옥의 단두대에 올라
눈부신 칼날의 세례를 받아야 할
가증스러운 위정자들, 그리고 나팔수가 된 평론가여!
모든 가짜는 가라!

깨닫지도 못했는데 깨달은 체 하거나
가짜가 진짜인 체 하거나
모르고도 아는 체 하거나
그게 그것이므로,
세상은 너무 비리다
비린 것은 더욱 비린 걸 당긴다
향을 비린 종이에 싸면
오래도록 비린내가 가시지 않듯
늘 익숙한 눈에
꽃이 걸리기라도 하면
한갓 비린 물고기에 지나지 않는다

진정한 꽃의 영역은

'꽃'이란 손님과 '나'란 주인이 서로
마음의 눈동자를 맞추고 하나가 되었을 때
모든 오욕汚辱의 찌꺼기를 토한다
잎과 대궁과 꽃송이와 뿌리를 통털어
꽃이라 이름 부를 수 있을 때
더 나아가, 세상의 언어로 꿈이 무엇인지
도저히 이름 붙일 수 없을 때
비로소 꽃이라 부를 수 있다

꽃의 이름을 버리고
참으로 꽃을 불러낼 수 있을 때
붓은 상상의 나래를 타고 물처럼 흐른다
그저 밖에서 피사체로 꽃을 드러내듯
혀끝에만 붙은 솜씨는 진실하게 소통되지 않는다
붓은 꽃에서 미끄러지고
마침내 저 멀리 아득하게 사라진다

농익은 탈격脫格의 정신에서
자유롭게 노닐 수 있을 때,

꽃의 붓은 화경畵境에 든다

꽃의 필선이 살아나고

선미禪味의 향기가 진동하여
사람의 마음을 움직일 수 있다 그때,
찰나의 움직임에서
고요 한 알,
툭, 건드리고 사라진다
더구나 주인으로서 꽃을 그리는 화가는
오직 붓을 잡는 동안
입을 다물어야 한다 굳게,
다만 붓으로 혀를 대신하는 것이다
오직 붓 한 자루로
뜻한 바 없는 마음의 화선지에
마음껏 노닐 뿐,
최후에 화가가 그리는 것은 마음이다
오직 마음 하나를 드러내기 위하여
먼저 마음을 지워야 한다

붓을 댄 적조차 없는
그림 없는 그림,
마음의 그림을 그릴 수 있을 때
비로소 참된 꽃의 화가라고
겨우 말할 수 있지 않을까?

가짜들은 가라

시는 진실하다

이 앞에 우물쭈물할 게 있는가?

산의 능선은 드러누워
종일 구멍 없는 피리나 불고
무심하게 흐르는 시냇물은
줄 없는 거문고를 타는구나
그도 심심하면 구름이나 데리고 노닐다가
저물면 노을의 술잔이나 들이키고
맨발로 발갛게 물들어
풀더미 자욱한 초암草庵으로 돌아오네

텅 빈 한 칸,
노인의 하얀 눈썹 위에 지은
은자의 오두막인가? 무척이나 맑게
고요나 닦는 한동안,

선禪은,

밝은 안목의 서까래인가?

그 집은 마치 칼집과 같다
예리한 칼날의 숨소리를 잡는 한 칸,
캄캄한 칠통漆桶에서 지혜의 날을 벼루는 중인가?
그저 문을 두드린다고 하여
심검당尋劍堂은 쉽게 열리지 않으리라

선禪은 단순하다

마음을 싹둑, 베어 넘기듯
그저 단순하기만 해서는 어림도 없다

한 붓으로 오직
한 획이 던지는 물음에
즉시 대답하는 그림!
잡초조차 어우러져 꽃밭을 이루고
한 줄기 꽃대에 여러 송이 꽃이 피어나듯
그 자리쯤, 누가 묻는다
바로 선화가 펼쳐지는
눈부신 경지가 아닌지,

말에 이리저리 이끌려 다니는
'알음알이'라는 헛된 분별과 이름에 갇히면
꽃의 문은 결코 활짝 열리지 못하리라
여산廬山의 진면목은 알 수 없구나!
내가 그 속에 갇혀 있구나,
여산의 절경을 보려거든 누구라도
멀찌감치 벗어나야 하리라

누가 문고리를 잡고
꽃의 문에 든다고 떠드는가?
누가 문지방을 밟고 서서
꽃의 문턱을 넘었다고 말하는가?
누가 손가락으로 달을 가리키며
달을 보았다고 외치는가?
붓만 잡고 달린 입으로
그냥 꽃의 그림이라고 우기면
그게 궁극의 한마디인가?

여기저기서 벌어지는
뚜쟁이들의 놀음판,
질펀하구나!

가소로운 광경들,

한물건이거나 한소식이거나
혹은 똥막대기나 삼베 세 근이나
이름만큼 상차림은 그득 하구나
그런데 정작 젓가락으로 집을 게 없으니
입맛만 쩝쩝거리다가
상을 물릴 밖에―

쯧, 쯧, 쯧,

꽃과 나무가 풀 더미를 뚫고
마치 제 빛을 드러내려고 우쭐거리듯
난초, 대나무, 장미, 모란, 국화,
매화, 버드나무, 무궁화, 꽃무릇 등,
꽃과 나무의 이름에 걸려 허우적거리다가
제가 서있는 곳을 찾느라
헛되이 세월만 보내고 있는
이곳은 어디쯤인가?

너는 지금 어디에 있느냐?

오물로 질척거리는 세상,

돼지들이 꿀꿀거리며
게걸스럽게 세상에 넘치는 언어의 잔반을 먹어치운다
길바닥에 나뒹구는 유흥업소의 광고지와 삼류 옐로우 페이퍼와
사기꾼이 뿌리는 명함과 지루한 플래카드와 선거캠페인 확성기와,
오물에 질척거리는 이따위 언어의 잔해와 정보의 방류를 보라!
빅브라더는 음산한 웃음을 흘리며 시민의 뒤를 쫓으며
갇힌 우리에다 황금으로 칠을 올리고
찢어진 항문으로 허기를 가까스로 배설한다
진실한 말은 이제 이 땅에 없거나, 아주 귀하므로
누구나 벙어리가 되고 페이크 뉴스를 접하고
낯선 이미지에 질려 바보가 된다

익숙함을 버려라!
선禪을 노래하는 예술의 꽃은
장르와 경계를 넘나들며
자유로운 재즈처럼,
영혼은 상상 속에 맘껏 노닌다
말랑말랑한 파괴를 통하여 딱딱한 구호를 넘어선다
활짝 피어오르는 꽃과 날아드는 나비처럼
어울림과 스며듦, 그리고 이끌림으로
자유와 열정, 소통과 사랑이 넘치는
그곳으로 가자!

선이 지나가는 길목에는
마침내 딱딱한 벽마저 사라진다
화가들은 얼마나 많은가?
세상에는 이제 더 이상 그릴 것이 없다
목록 속의 기호는 이미 낡았거나
누군가는 벌써
그 길을 수없이 지나가 번들거린다
직선이든 곡선이든 한 줄도 제대로 긋지 못하면서
정작 화선지를 앞에 두고 붓을 멈칫거리다가
아무렇지도 않게 선禪을 들먹거리는
들뜬 광경은 애처롭지 않은가?

꽃이 말한다, 이 땅의 가짜들에게—

스스로에게 겸허하게 물어보라

생애 단 한 번의 붓질로
망설이지 않고 곧장
진실에 다가간 적 있느냐고,

오직 단 하나의 선으로써
선禪의 급소를 일격에 칠 수 있다
근근이 연명하려는 줄이 아니라

당장 제 목을 감는 그 줄로
한 줄기 선을 뼈에 새기듯
텅 빈 마음을 온전하게 그어본 적 있느냐?
묻는다! 자기 표절을 벗어났느냐?
묻고 또 물을 때마다
스스로 절망한다

나는 고백한다!

최후에 던지는 한마디,

나는 세상에 없는 말로
꽃을 그리고 싶었지만
이미 꽃은 다른 누군가에게 말을 걸었다
내가 꿈꾸던 나의 꽃은 사라지고
나의 목록에서 꽃이란 말이 방금 지워졌다
이렇게 지워나가다 보니 나의 목록에는
아무런 말도 남아있지 않게 되었다

지금, 텅 빈 목록은 서늘하다
그러므로 나에게는
나의 꽃이 없다
나만의 기호가 없다

잠든 목록 속에 꿈꾸는 구름은 예의가 없다

또 하루가 힘든 고비를 넘어간다
목록의 울음을 뒤로 넘기며
탄식은 날마다 이렇게 오는지,
산죽이 후들겨 맞는구나
겨울 찬비에 죽비처럼

후두둑, 후두둑,

목줄이 서늘하구나!
어느덧 찬 빗줄기는 눈발로 바뀌어
은세계를 이룬다 싸늘한 대지,

그 위에 그어진 서늘한
한 획,

순백의 고요 위에 튼
저 가부좌!

누구라도 여기 와서
먼저 마음으로 낮추어
겸손한 미덕을 닦아야 하지 않을까?

우리에게 남은 미덕은 기껏해야 침묵일 것이다
하루에도 수없이 계산기를 두드리며 머리를 쥐어짜지만
세상은 여전히 그대로고, 아무것도 늘어나거나 줄지도 않았다
얼마나 어리석은가!
황무지에 거칠게 번지는 풀대를 베어넘기면 풀씨를 주워 먹고
오직 살기 위하여 작은 새떼들이 모여든다
이제 갓 베어낸 풀 향기로 부근은 온통 풀빛이다
마치 전장에서 붉은 피가 흘러 강을 이루듯, 도처에 목이 잘린
풀의 잔해로 고유한 향기가 진동한다, 다만 풀과 피가 다를 뿐,
누가 이걸 차별할 수 있다 말인가!
세계는 그 자체로 조물주의 위대한 작품이므로,

보라!
저토록 광활한 대지의 걸작을,
마지막 숨을 다하여 단번에 죽 긋는

대지의 한 획,

붓의 노래

시는 우주의 그림!

알 수 없는 저곳은 그리움이다
세계를 이루는 두 단면은 도대체 무엇인가?
형상과 여백은 늘 만나고 헤어진다
그건 안타까운 엇갈림 같은 것인가?
지금 여기 있지 않은 시간과 공간,
오로지 그곳을 찾아서
붓은 환상을 꿈꾼다
그곳은 비현실적이거나 몽환적이다
이제 그곳으로 가자
외로운 비탈에 서자
활화산 분화구에서도 피어오르는
한 송이 에델바이스처럼—

꿈은 열망하는 곳에 떠돈다
세계는 점과 선으로 색을 올리고
완벽하지 않은 기호로 알 수 없는 표정을 짓다가
권태롭고 지루한 시간을 다 보내고 나면

점점 덜어내다가 마침내 텅 비운다
비운 그곳에다 알 수 없는 영감으로
남은 한 점이나 한 획을 위하여
비워진 충만에 대하여 낮은 목소리로
노래하기 시작한다

그리지 못한 붓이 서성거린다

마지막으로 잡게 될,

붓의 숨소리!

붓은 일대 사건이다

살아가는 동안
가장 가혹한 형벌인가?
환희의 절정에 찰나의 붓이 춤을 추면
일찍이 그려본 적 없는 사건들이 돋을새김으로
새겨지고 최후에는 말길조차 끊어진다

침묵만 허공에 맴도는 그림,
붓은 마지막 숨을 고르다가
아득한 시선 너머 홀연히 사라진다

이승의 꿈처럼 모조리 이개지고
단지 먹먹한 마음 한 점만
아주 짧게 그늘을 친다
이제 이 부근에서 쉬어도 좋으리라
비로소 그걸 여운이라 불러도 좋으리라

형상은 모양과 색깔로 드러났으나
여백은 그리지 않은
남은 마음 한 자락인지
늘 문설주 뒤에 기대어 서서
먼 산이나 아득하게 바라보는지
오늘도 능선은 말없이
구름 저 너머 하늘의 책장을 넘긴다
희미한 추억의 그림자인 듯
운해를 불러다놓고
둘 데 없는 마음의 바다에다 배를 띄운다

노을의 책갈피 속
새들이 깃들고 있구나
석양은 술잔을 치켜들고
불콰한 얼굴로 거침없이 세상에다 대고
'있는 그대로 두라'고 말하기도 하는가?
그도 아니라면 아무도 들어주지 않는

주정뱅이의 헛소리인가?

채우고 털어낸 그 자리,
먹먹한 그리움 한 칸 비워내고
하나의 세계와 그 여집합을 이루는
색色과 공空이 처음으로 말문을 틔우고
알 수 없는 그 무엇이 된다
서로 회통하여 한 송이 꽃이 피어오르고
숲은 알아도 모른 체 시치미 떼고,

돌아앉는다

꽃의 그림은 빛깔과 허공이 하나 되어
푹 이개진 정신의 벼랑에서 뛰어내린다
색을 잘 써야 한다는 말은 다분히 에로틱하지만
대개는 속된 그림에서나 통하는 말은 아닐까?
하지만 선의 꽃을 피운 화원에서는
오히려 색을 죽이든 활발하게 살리든
이러쿵저러쿵 구차하게 따지지 않는다
오히려 아무 일없는 침묵으로써 무덤덤할 뿐,
표지와 의미의 틈을 단박에 메우고
그 나머지 일체를 쓸어버린다

붓은 죽고 다시 살아난다
죽어서야 비로소 말할 수 있다
절필絕筆은 시인의 악몽인가?
꽃의 잔해를 쓸어내는 빗자루는 뒤끝이 없다
한번 쓸려 지나간 자리는
뒤돌아보지도 않는다
모노톤으로 질식하는 꽃은
마침내 절필의 시간 속으로 들어간다

오직 한 마음,
담박한 아름다움을 드러내고자
미니멀리즘의 원형으로 회귀하려는 발걸음으로

역동성이 더욱 강하게 넘치는 찰나,
장난기어린 티끌의 세계를 마음껏 노닌다
색을 어찌 색으로만 춤추고 노래하랴
공을 어찌 공으로만 침묵하랴
진경이 진경일 수밖에 없는
진경인 까닭이 여기에 있다

등에 업힌 고요,

드디어 육탈肉脫한다

선의 꽃은 단필單筆로 뼈만 남기고
최소한으로 색의 경계를 넘어,
계단 없는 허공의 꼭대기로 오른다
덤으로 여백의 아름다움을 한껏 드러내고자
혀가 굳은 묵언의 고요한 경지에 든다
어느 누구의 발걸음도 허락하지 않은 채
열반涅槃한다 원시의 땅에서,

시인이 그린 그림은 한 송이 연꽃!

더러운 진창에서 찬란하게 피어오르는,

시는 말없는 그림이다!

원시의 땅에 펼쳐진 황홀한 광경,

색과 공이 둥근 꽃의 입술처럼
빈혈貧血을 토하며 하얗게 질려 쓰러진
바로 지금, 여기
선의 꽃 한 송이가 피어올라
화엄의 춤사위가 황홀하게 펼쳐진다

눈먼 맹인조차 안목을 얻는

꽃받침이 된다

청맹과니가 깔고 앉은 부들자리가 시퍼렇다

누가 감히 엉터리 번역을 하며,
가벼운 혓바닥을 놀려 평론이라는 허울로
제 맘대로 재단하는가?

반역자들이여!
언어의 역적들이여!
네 앞에 놓인 목록, 아주 짤막한 목록이라도
제대로 읽어보길,
세계를 오독하지 말라
너보다 훨씬 세계는 알 수 없고
또한 알아서도 안 되느니,
너희들은 얼마나 오만한지,
너희들은 얼마나 뻔뻔한지,
그저 모를 뿐,
언어에 걸리지 말라!

침묵의 덩어리

침묵은 시인의 선방禪房!

언어를 여윈 시인에게 한 송이 꽃처럼,

그의 눈동자에 사로잡힌
선禪의 꽃은 고요의 덩어리다
더 나아가, 그는 고요를 통하여
이미지의 속살에 시퍼런 칼을 겨눈다
예리한 감각으로 그린 회화는 이미지의 점묘인가?
한 점, 한 점, 무수히 찍어가는 무의식의 성스러운 작업,
마치 선승이 좌선하듯이
닭이 알을 품듯이 처절하게 내부로 들어가라!

시인은 한 자루 명검名劍을 위하여
언어를 풀무질하는 대장장이처럼
어둠속에서 벼른다
눈부신 검광劍光의 혼을!
혹은 촛불 앞에 일렁이는 그림자처럼
흘깃 스치고 지나가는

미처 말하지 못한 것에 대하여
타오르는 불꽃같은 언어의 심지를 아프게 자른다
더 매혹적인 영감을 위하여
주위를 더 밝게 비추기 위하여
기꺼이 심지를 잘라야 하듯
역설이지만,
목록에 잠든 화두話頭를
한 칼에 쳐야 한다

시인은 선승과 같다
그의 한 마디는 우레를 닮았다
그리고 깊은 묵언을 섬광처럼 알아차려야 한다
케케묵은 생각의 고리짝을 던져버리고
홀로 기행奇行을 일삼는 미치광이처럼,
거칠 것 없이 아무데나 나뒹구는
한 장의 낙엽처럼,
혹은 천하에 둘도 없는 천치天痴처럼,
아무 것도 헤아리지 않고 아는 바도 없이
자유로운 방랑자가 되어야 한다
비록 고통스러운 길이지만—

선의 이미지는 전광석화電光石火와 같다
처음에는 죽 뻗어나가지만 나중에는 휘어진다

휘어지다가 희미한 윤곽만 남기고
어느 결에 사라지고 만다
여운조차 거추장스럽다
오직 찰나에 급소를 치고,

달아나버린다

통쾌한 일격一擊!

격을 벗어나 뻗치는 한 마디!
단말마斷末魔의 비명인가?
검신劒神의 경지에 오른 무사는 자주 칼을 쓰지 않는다
칼을 여의고서 칼을 휘두른다

심검心劒으로 오직 아껴둔 순간,
단 한 번에 목록을 베어넘긴다

죽은 언어의 관을 꺼내어
부관참시剖棺斬屍하지 말라!
깜깜한 땅 속에서 온갖 뿌리에 얽혀
썩은 관을 뒤덮은 흉측한 전생의 언어들에 대하여
차라리 경배하라! 우리가 지금 누리고 있는
살과 뼈는 적어도 이것으로 끈질긴 생명을 이어 받았나니,

사자死者들을 향하여 침 뱉지 말라!

누구에게나 죽음은 공평하고
마찬가지로 언어도 잠시 살았다가 죽기 마련이다
역사를 이루고 민족과 새끼를 기르다가
함께 패망의 구덩이에 참혹하게 묻히기도 하고
저 외지고 황량한 사막이나 이방의 낯선 땅에서
포로가 되거나 유배되어 갖은 고초를 겪으며
언 손을 녹여 붓 한 자루를 겨우 세워
그 처절한 신세를 기록해 갔으리라
누가 모국어를 버릴 수 있는가?
누가 어머니의 혼백을 잊고
이방의 말과 글을 배울 수 있단 말인가?
나의 언어는 참혹하여도 그대로 내 어머니의 모습이다
비록 어머니가 애꾸가 되고 이빨이 다 빠지고
주름투성이며 등이 굽은 노파가 될지라도,
정화수井華水 한 그릇 떠놓고 자손을 위하여 빌던
그 한스러운 세월을 견디던 청초한,
울 어머니께서 마치 유령처럼 변할지라도
나의 어머니,
아! 우주에서 단 한 마디,
내가 부르다가 죽을 나의 모음이여!
우주에서 가장 울림이 큰, 목록의 첫 마디여!

나는 어머니를 가슴에 불러낼 때마다 왜 그리 눈물이 나는지,
나는 그 앞에 서면 다시 아기가 되어
아련한 젖가슴에 파묻혀 모국어로 시를 쓴다네,
영원의 언어로!
젖내 나는 모음만으로 세계를 그려낸다네!
아무리 세상이 혹독하여도
어머니의 품속은 긴 겨울 침묵보다 따뜻하였네
누가 어렵게 시를 말하는가?
어머니의 시어는 너무도 쉬워
쇠죽을 끓여주던 황소도 다 알아 듣네!
천방지축인 복순이도 꼬리를 흔들며 잘 새기고
고시레 끝에 날아든 참새 떼도 말짱하게 알아듣고
감나무 가지 끝에 앉아 지지배배 웃더군!

생애에 단 한 마디,

선이나 시에서
생명의 불꽃같은 일구一句는
언어를 여윈 숨 막히는
최고의 경지를 말한다 가장 낮은 음성으로,
오히려 침묵이 나을지도 모르겠다
낯선 언어의 정거장에서
막막하게 기다리는 나그네에게

그건 축복이자 형벌이다

시는 심상心象의 놀이!
이미지는 마음이 그리는
상상의 꽃 한 송이를 불러낸다
꽃이 던지는 단순한 그림자가 아니라
꽃의 **뼛속**에 들어가 있는
마음의 영상을 초대한다
선의 꽃이 던지는 이미지는
마치 꽃을 그리되
꽃을 떠난 자리쯤일까?
혹은 그 언저리에 감도는
여운만 남기고 사라진 향기같은 것일까?

침묵은 덩어리!
무겁지만 그 말없는 몸 덩어리 때문에
칼에 베이거나 창에 쉽게 찔린다 날카로운
예봉을 잘 맞기 때문에 고통의 비명을 지를 법도 하지만
입술을 꽉 깨물고 절대로 신음조차 내지 않는다
지금 세계는 너무 오랫동안 침묵해왔다
고통의 시간을 견디며 헐렁한 미래의 망토를 걸치고
누군가 수호신이 되거나 슈퍼맨이 되어
우리의 마지막, 절체절명의 순간을 구원하리라 믿는다

침묵은 덩어리진 채 팅팅 부은 괴기한 모습으로
점차 변해가는 줄 아무도 모른다
인류의 맹점은 여기에 있다 너도나도
애써 외면하거나 무관심으로 일관하면 그만,
절망의 늪 속으로 하염없이 빠져 드는
우주의 여인숙에서
더러운 담요를 뒤집어쓰고 누가 홀로 울고 있는지!

언어의 건너편으로
홀연히 사라지는 자리,
이미지의 속살로 홀로 걸어들어가면
꽃의 혀가 내뱉는 향기를 맡을 수 있다
비로소 불멸의 언어에 향기가 피어나면
눈부신 기호는 활짝 잎을 피우고
마음의 눈동자에 연둣빛 싹을 틔운다
안거安居가 끝나면 산문山門 밖으로 나가
산책 나온 나비를 유혹하거나
벌을 위하여 달콤한 꿀을 내주기도 하며
더욱 깊이 뿌리 내린다
아슬아슬한 여기,

벼랑을 건너뛴다

선의 꽃은 흔들리지 않는
아득한 저 멀리 중심을 내린다
썩은 사체를 우르르 뒤쫓는 하이에나 떼를 벗어나
뜬 구름 같은 세상과 아주 동떨어진
외진 골짜기에 은은하게 핀 난초처럼—
맑은 바람을 맞고
호젓하게 서있는 자리,
그 본래의 면목으로 곧장 들어가서
어떠한 수식어나 꼬리표도 붙이지 않는다
여기에 꽃의 골수가 던지는 깊은,

울림이 있다!

꽃의 이미지는 달그림자를 보고
컹컹, 짖어대는 개의 방자한 울음을
결코 용납하지 않는다

달 밝은 밤,
자기 그림자를 보고
개 한 마리가 짖으면
온 동네 개가 모두 따라 짖듯이

선의 꽃이 겨누는 경지는

그런 추동적인 사태를 결코 받아들이지 않는다
단칼에 싹둑 잘라낸,

서슬 시퍼런 자리쯤
선의 꽃, 한 송이가 던지는
이미지는 고전古典의 숲에서 벗어나
이미지답게 저절로 드러난다
선의 꽃이 활짝 피는 오묘한 경지는
호랑이 굴을 더듬는 듯 하고,
때로는 살기를 느낄 만큼
혹독한 벼랑 끝에 아슬아슬하게 서있다

선의 이미지는,

마음을 훔치는 버릇이 있다

꽃의 생애 동안
딱, 한 번 훔치므로
상습적인 능필能筆을 요구하지 않는다
전형과 상투성을 단연코 거부한다

녹슨 검보다 무서운 건
자주 칼을 쓰는 일이다

평생에 단 한번 만나는 찰나의 불꽃처럼
전광석화와 같아야 검객의 자질이 빛난다
한 칼에 베어넘길 수 있는
한 사람의 기병이 천 사람을 당하는
묵직함이 여기에 있되,
오히려 그 가벼움은 새털보다 가볍다
무거우면서도 가볍기 그지없는
중력을 거스르는 꽃의 물성을
어찌 언어를 빌어 말할 수 있을까?
꽃을 말하기 위하여
꽃을 죽여야 하므로
입을 열수록 혀는 스스로 꼬이고
제 꼬리를 무는 모순에 빠지고 만다

허공의 딸꾹질,

누가 알아듣겠는가?
그냥 꿔다놓은 보릿자루처럼
저기쯤에 부려놓고 한동안 그렇게 바라볼 뿐,
주리면 불이나 활활 지펴 남은 찌꺼기마저 태워
정신의 허기를 면할 수밖에—

선의 꽃이 던지는 이미지는

꽃밭에서 멀리 벗어날수록
깊고도 서늘하다

비유하자면,
별빛이 아주 좋은
정수리가 하얗게 언 밤,

청량한 은하수라도 길어
찻물이라도 달인다면 덤으로
여분의 즐거움이 여기에 있지 않을까?
광야나 사막에서 홀로 밤을 보내며
하늘을 우러러 보라!
별들도 적막을 견디지 못해
그대 품에 저리 쏟아지지 않는가!

반성, 한 점에서 한 획으로

점은 원형질의 근원,

어디에서 와서 어디로 가는가?
나는 너를 모른다
아직까지 온전하게
너의 심장을 두드리지 못한다
원시부족의 심장소리를 닮은
열대의 숲 속에 울리는 북소리들
입에서 입으로 전해온 꽃의 숨소리인가?
네 울음과 웃음을
결코 나의 육감으로는
도저히 잡아챌 수 없으므로,

티끌 같은 나는
네 앞에서 너무 초라하다
한 점은 무한하며 가장 유한한 것,
너는 창조의 친구이기도 하지만
분노를 다스려 네 안에 머무는
다른 모든 파괴의 친구를 거느리기도 한다

너는 꽃의 주소를 찾아가는
좌표의 원점이며
여기로부터 네가 최초로 드러난다
악착같이 발붙이고 있는 맨바닥!
너는 우주의 중심이자 지혜의 눈동자다
네가 눈동자를 깜박거릴 때 세상은 깨어나고
네가 눈을 감으면 세상은 사라진다
네 눈동자에 흐릿하게 비친 불안한
나는 얼마나 위험하고 연약한가?
네 한 점으로 능히 우주를 담을 수 있고
오직 네 한 걸음, 한 걸음으로
꽃에게 다가갈 수 있다
오직 육필肉筆로 쓴 초고草稿라야
꽃의 심장으로 곧장 들어가므로,

한 점에서 한 획으로!

한 획은 무한한 꽃의 꿈,

한 알의 씨앗에서
한 줄기 꽃대를 키우듯
꽃은 한 점에서 한 획을 꿈꾼다

무無로부터 유有로 나아가는 첫걸음인가?
꽃은 한 획을 그음으로써
비로소 여행이 시작된다
그곳은 꽃의 자리가 되는 바탕이자
황홀하게 꽃을 피우게 되는
뿌리 근처,

태박太朴은 꽃의 본적本籍이다

전혀 꾸미지 않은 원시의 땅!
비록 혼돈의 비명이 고여 있지만
찢겨진 하늘과 황무지에서 비바람을 견디며
어떠한 간섭도 받아들이지 않았다
거기에는 어떠한 법이나 억지도
스며들어갈 여지가 없으므로,

아득한 날,
긴 겨울 언 땅에서 구근球根은 오랜 침묵을 뚫고
개화開花는 더욱 자유로웠다
씨앗이나 꽃대나 잎들은 아무렇게나
그저 '꽃'으로 피었다가 시들어 사라졌다
처음에는 이름조차 없었으므로
누가 불러주길 기다리지도 않았다

어느 누구도 참견하지 않았다
태고太古에는 법이 없었으며
오직 그곳에는 한 획만이 있어
법을 세운다고 말할 수 있지 않은가!

한 떨기 연꽃을 보라!
작가는 도대체 누구인가?
그는 무얼 하는 사람인가?
작가라고 하여 모든 걸 드러낼 수는 없다
다만 천진한, 걸림이 없는 필법으로
목록의 저쪽으로 들어가는 문을 보여주고 사라진다
곧장 계절의 벼랑에서 뛰어내린다

아껴둔 한마디를 위하여
쓰라린 긴 시간을 견뎌내고
마침내 홀로 세운다,
낯선 정신의 경지를 또렷하게—

벼랑 끝에 선 작가는
오직 붓으로 한 점을 찍는다
그 경지는 아득하여
어디인지 잘 보이지 않는다
창조의 한 수인지 파괴의 한 수인지

때로는 불꽃처럼
때로는 식은 재처럼
때로는 티끌처럼
때로는 바위처럼
순식간에 불타오르는 유성처럼
우주의 황홀한 시간 너머
사라지는 너를 알지 못한다
너는 떠도는 미지의 지번地番이다
그래서 종종 누군가는
어설프게 속이려고 하다가
누추한 꽃의 거처를 들키고 만다

화엄의 경지를 들먹거리며,

똥막대기에다 단청을 올린다
그래놓고 그게 선의 꽃이라고 말한다
최고 경지에서 이른
한마디라고 나팔을 불어댄다

염치없게, 익지도 않은 풋 매실처럼
억지로 선의 풍격을 날리기라도 하듯
마구 휘젓고 다닌다 헛된 이름이나 팔며
대가大家의 품새로 뜬 구름같이

세상을 우습게 희롱하고 있지 않은가?
종종 그런 비린 내음 진동하는
어시장 좌판에 뒹구는 상한 생선처럼
흐릿한 눈동자를 바라보면
구역질이 치밀어오른다
세상에 알량한 간판을 이마에다 붙이고
평생 비린 맛이나 우려먹다가,

제풀에 픽, 고꾸라진다

입속에 감춘 혀라고
함부로 떠들 게 못된다
비평이란 나팔수는 늪처럼 질척이는 목록에서
가장 현학적인 말을 뽑아
잔뜩 바람을 집어넣어 부풀린다
먹물 잔뜩 이개진
현란한 꽃의 어록들,
웃자란 잡풀 더미에 얼기설기
서로 엉겨 빠져나오지 못해 낑낑대는,
그걸 비평이라고 듣는
다른 비평가조차 건너 산 불구경 하듯
짐짓 모른 체 한다 무슨 말인지
도대체 알아들을 수 없구나!

소통이 전혀 되지 않는 허망한 기호들
펄럭이는 요란한 깃발들—
비평가는 슬며시 녹슨 혓바닥을 숨기고
자리를 뜨며 헛기침을 한다
한편에서는
성질 급한 작가나 비평가는
딱딱한 머리가 터져 물컹거리며
꽃이 던지는 그림자 부근이나 서성거리다가
뇌수가 흘러내리자
제풀에 그냥 물러난다

얼마나 가소로운가?
불구의 시선은 늘 문제다
게다가 앉은뱅이 작가는 한 점도 찍지 못하고
한 획을 그을 생각을 품다니!

선의 꽃을 드러내는 척,
울긋불긋한 조화造花나 찍어내며
마치 대가인양 높은 제 대문 앞에다
울긋불긋한 깃발을 걸어놓는다
보라, 허기진 개를 길게 줄 세우고
비루한 밥그릇을 핥으며 연명하는 모습을!
쥐꼬리처럼 검은 땟국이 흐르는 저자에서

개고기를 문턱에다 걸어놓고
양고기라고 떠들며 싸구려 가짜를
비싼 값으로 거래하고 있는 꼴이라니!
바늘을 훔치다가 이제 소를 훔치는
철면피한 도반盜飯들,

참회할 줄 모른다

꽃을 훔치는 도둑들,

꽃의 가풍을 어지럽히고
거짓으로 스승 노릇 하느라고
제 무릎 뼈가 삭아 주저앉는 줄 모른다
슬하에 거느리는 뱀의 꼬리들,
대가의 처마 밑이나 기웃거리며
혓바닥만 날름거린다

독을 품은 잔뜩 부은 잇몸으로,

제 꾀에 제가 속아
제 널을 등짝에 지고도
지척에 둔 죽음은 도무지 알지 못한다
그들은 우르르 몰려간다

한때의 우상에게
꽃놀이패를 지어 우울한 동굴에 모신,

개살구보다 못한 그것!
풋 매실 한 알조차
제 이빨로 깨물지 못하면서
세상을 향하여 허랑하게도
도끼질로 감히 허공을 벤다고
공공연히 떠드는구나!

거짓으로 염치없게,
꽃을 파는 무리를 보라

제 한 몸조차 스스로 가누지 못하는데
여우가 호랑이 위세를 빌려 호기를 부리듯
근역槿域의 꽃 울타리를 농단하여 왔구나!
진흙을 이개서 담장을 치고
울 안에 갇혀 마구 떠드는구나!

붓 한 자루도
제 힘으로 제대로 세우지 못하고
오직 밥을 훔치는데 혈안이 되었구나!

꽃의 이름을 더럽히지 말라
꽃은 제 이름을 앞에 아무 것도 내세우지 않는다
햇살과 비바람과 눈보라에 온몸 내맡긴 채
홀로 들판에 서서 흔들린다
굳이 이름을 팔아 향기 따위는 사지 않는다
꽃은 말하지 않는다 계절이 바뀌면
기억 저편으로 사라지기 위하여
시들면 떨기채 지고 말 뿐,
그림자마저 지우고
홀로 왔던 뿌리 근처로 돌아간다

대가大家는 홀로 선다

외진 들판에 홀로 선 꽃처럼,

어느 대가도 꽃을 그린 적 없다
다만 꽃의 언어를 떠나
꽃을 전하였을 뿐,
입이 아니라
맨 처음 마음을 열었던 빛나는 순간,
그는 꽃의 기호마저 버린다
제 주위에 아우라를 두르기 위해
몸을 부풀려 자신을 꾸미지 않는다

이름을 앞세워 구차하게
이름을 팔지 않는다

일가─家를 이룬다는 건
오직 홀로 설 때를 말할 뿐,
이름이란 허무의 어깨에 힘을 뺀 뒤에라야
비로소 대가의 반열에 오를 수 있다
대가는 투명하다
하늘보다,
물보다,

거리두기와 알아채기

시인은 길눈이 밝다

나와 너의 거리는
저 꽃에 이르는 거리만큼이나 아득하다
꽃과 꽃의 거리만큼이나 머나멀다
나와 너의 사이만큼
서로 스며들지 못한다
거리는 이곳에서 저곳까지,
이룰 수 없는 그리움을 이야기하고
하나의 촛불이 비추는 어슴푸레한 그늘의 깊이를,
빛이 다 사랑하지 못한 안타까운 상처를 말한다
혹은, 서로 틈을 헤집어 키우는
시선의 슬픈 엇갈림을 가리킨다
꽃의 슬픈 표정 아래 떨어진
한 방울 가을 이슬을 말하기도 한다

곧 시들어 사라지게 될

아쉬운 작별의 시간,

아주 나중에야
그리움에 사무치게 될
그런 안타까움을 의미하기도 한다
더러는 돌멩이와 바위의 목록에 끼지 못한
한 점 먼지나 모래의 외로움을 말하기도 한다
찬 비 추적추적 내리는 칠흑 같은 밤,
희미한 가로등 아래 비치는
술 취한 나그네의 눈동자를 말한다
낡은 미학 서적에 딱딱하게 새긴

알 수 없는 기호들,

그 사이의 메울 수 없는

틈을 말한다

틈은 꽃과 꽃 사이에 벌어진
소통하지 못하는 불화의 시간,

하지만, 명심하길—

부드러운 물처럼 서로 스며들 수 있는

'넘나듦'이 자유로운 인력으로
꽃대끼리 서로 기대어
하늘을 우러르기도 하므로
꽃의 심경心經에서 말하는
지혜가 그것이다

'깨달음의 우레'

시는 정신의 지문指紋이다
고통스런 행간에서 섬광 같은 직관을 통하여
그 틈을 허물어 메우고,

꽃들끼리
이쪽과 저쪽을 회통할 수 있는
안목을 말하는 위대한 꽃의 거처!
그러므로 쉽게 그림자에 사로잡히지 마라

허깨비 놀음에 미친 바람이 지나가다가
툭, 건드리는 허수아비인가?
가을 들판에 두 팔 들고 서있듯
세상은 온갖 새들로 시끄럽다
더 이상 추수는 기다릴 게 없으므로

무엇보다도 지혜를 얻으려면,
먼저 꽃에 다가가서
철저하게 껴안고 사랑해야 한다
무엇보다도 제대로
꽃의 마음을 읽는 것이 우선이다

마음을 어떻게 읽어야 하는가?

처음에는 꽃을 소리 내어 읽어보라
꽃이 온 길을 거슬러 가서
맨발로 그 길을 몸소 체험하라
꽃의 마음에 스며들어
꽃도 버리고 '나'라는 마음도 버리고
아주 고요한 시간 이슥하도록 머물다가
오직 묵언으로 꽃의 마음속으로 숨어들라
그리고 남은 시간이 있거든
바람의 화원에 들어
나비가 되거나 벌이 되어,

꽃과 춤추고 노래하라

목록에 깃든 우주의 순수한 한마디는
곧 '어울림'의 가락이다

저것은 가장 내부로 들어가는
숨소리를 닮았다
입속에 혀를 말아 감추고
통째로 꽃을 토해낸다
달을 가리키던 손가락을 목구멍에 집어넣고
고통스럽게 토하는 신음을 듣는다
먼저 알아차려야 한다

시인은 언어의 주술사!

그러기 위해 늘 깨어있어야 한다

수많은 물음표 앞에 앉은
텅 빈 깨달음의 자리,
그건 '멈춤'과 '살핌'을 통하여
비로소 눈뜨게 된다
무엇인가 마음에 스치는 이미지가 생길 때
'멈춤'은 이와 거리를 두는 힘이 된다
쓸모없는 언어의 찌꺼기를 모두 토하고 나면
연꽃의 미소처럼 세계는 폭발한다

꽃의 폭발!

이미지는 폭약이다
산산이 부서지는 언어의 파편,
꽃의 화법話法은 은유적이다
흐린 물살은 늘 문제다
심연에 파도가 심하게 출렁거리면
달그림자가 잘 보이지 않는 것과 같다
출렁거림이 그쳐야,
고요하므로

마음을 제대로 볼 수 있다

꿈에 이개진 꽃의 마음도
비로소 스스로 드러날 수 있다
알아차림은 거리를 좁히고 긴장한다
마침내 물아物我가 하나 되어
모든 분별이 사라지는 무색無色의 경계,
불꽃같은 한 지점에 놓이게 된다

꽃과 내가 서로 스며들거든
이름조차 지워버리고
최후에는 마음마저 버린다
내가 꽃이 되고 꽃이 내가 되고
마침내 꽃도 나도

사라지는 순간,
일체의 존재는 몽땅 블랙홀로 휩쓸려 들어가
피차의 구별이 사라진다
이것이 있으므로 저것이 있는 것이 아니라
여기서는 모두가 한 맛으로 엉겨 붙는다
근친상간의 씨족 언어의 끈들이 상호 결합하여 괴물이 된다
이때 이미지는 덩어리져 난독難讀이 된다
이제까지의 독법은 쓸모없고
다시 새로운 눈을 떠야 한다
미래의 충격은 너무 아찔하다,
서로 소통하지 못하고
절망적인 고도에서 오직 기다리기 위하여
기다림에 익숙하다

시심詩心이여!

한 점, 티끌이 방전放電하는 순간,
태초에 빅뱅을 통과할 때
찰나의 플라즈마처럼
우주의 눈부신 울음을 기억하라
그조차 뛰어넘어라!

꽃이 스며들게 고요하라

고요마저 시끄러우니
고요조차 고요하라!
내가 나를 지우고 스며들 수 있게
시간과 공간이 동시에 한 좌표에서 만나도록
서로 마음과 마음이 스며들어
너와 내가 차별 없이 하나로 통하도록,

꽃이 폭발하는 찰나,

딱 멈추라!

그곳이 바른 안목이 열리는 자리,
모든 꽃의 중심이다

우주를 훌쩍 뛰어넘는 거기,

마음 달이 둥글게 비추면
더 무엇을 말하랴!
천지를 다 비추고 나면,

마지막 한마디는 무엇일까?

그밖에 말에 걸릴 것은 없으리라

말에서 벗어나 말로부터 자유로우리라
미래의 언어는 언택트 네트워크의 프랙털!
서로 대면하지 않고도 그물망처럼 얽혀 소통하지만,

더욱더 고립은 깊고
우울과 불안이 엄습하여
스스로 언어는 자폭하거나 자해하게 되리라
이식된 외계의 언어는 녹슬고
한 행성에서 오직 기억으로 전해진 몸의 언어는 사라지고
마음의 거리는 멀어지고 알아채기는 더욱 어렵게 되리라
예언자는 우울한 밤,
인류세기의 종말 앞에서
일체의 예언에 종언을 고하리라
일체의 언어에 무의미의 꼬리표를 달리라
일체의 혓바닥을 베어 시궁창에 처넣으리라

걷어치워라

시는 어떤 모습일까?
무엇보다 이 물음에 곧장 들어가기 위해서,

꽃의 화법話法을 먼저 밝혀야 한다

화법은 언어를 소통하는 에티켓이다

시는 딱딱한가?
시는 말랑말랑한가?
시는 틀 안에 갇혀있는가?
시는 틀 밖에 자유로운가?
시는 네모난 모양인가?
시는 원만한 모습인가?
시가 밥이 될 수 있는가?
이러한 물음들은 다 부질없다
화법은 모양이 없다
그림자조차 없다

말 길이 끊기고

눈 길이 끊기고
마음의 길도 허공마저도 이미 끊어진 곳,
화법은 있지도 않고 없지도 않다
이미 흘러간 예전의 물처럼 아래로 흘러가
되돌릴 수 없는 아득한 곳에 머무는지
화법은 그냥 지금 흘러가는 물일 뿐,
다만 미래로 흘러가는 물길이 되려는지
그건 아직 아무도 모른다
도저히 알 수가 없다

화법은 기껏해야 틀 안에 가두고
권태에 길들이는 족쇄에 불과할 뿐,
마지막에는 이마저 버려야 한다
화법에 얽매인다면
마치 맹인이 점자를 더듬어
겨우 세상을 읽어내듯
불멸의 꽃에 깃든
빛나는 말씀의 목록은
영원히 열지 못하리라

화법에 결코 사로잡히지 말라

새로운 탄생의 눈은 법 밖에 있으므로

오직 화법에 머무르는 한,
홀로 아주 다른 곳을 바라보는 눈은
영원히 뜨지 못할 것이다
이 세상의 목록에는 새로운 창조란 없다
이미 누군가 이루어놓은 상투적인 것에 불과할 뿐,
혹은 그걸 따라 베끼거나
불러주는 대로 받아 적은 것일 뿐,
창조는 목록의 밖으로
추방당한 저주의 단어인가?
아니면 매혹에 사로잡힌 열망의 몸짓인가?
이 세계는 오직 그대로 보여주기만 할 뿐,

지겨운 되풀이의 되풀이일 뿐,

화법다운 것은 무엇인가?
시는 작법에서 멀다
법은 아예 법조차 벗어났을 때 가장 법답다
법이 법다운 까닭은 무엇인가?
누가 작법이라 말할 때
그 법은 이미 법이 아니기 때문이다
누구라도 혀끝에 올리는 순간,
벌써 법은 저만치 달아난 지 오래다

앵무새가 내미는 혀를 따라 오물거리며
겨우 꽃을 받아 적기 시작한다
그러면 이미 늦은 것이다
이미 누군가 목록에 먼저 수록한
단순한 기호의 기억만으로
꽃은 의미가 없다 꽃은
누가 쉽게 부르는 그 꽃이 아니다
무의미의 의미를 가득 채우고
꽃은 매혹의 눈동자에 걸린다
꽃은 스스로 묻고 답할 뿐,
꽃의 상처조차 꽃의 일부이므로
부분은 전체를 피우기도 하고
전체는 부분을 피우기도 하지만
겹쳐진 언어의 그림자는 이미지만 남기고
꽃의 건너편으로 훌쩍 뛰어 넘어간다

언어는 실재세계를 묘사하는 논리적 그림이지만,

법을 뒤쫓는 일이야말로
얼마나 허망한 짓인지

앵무새는 불행하다

조롱에 갇혀 법의 노예가 되어
불행한 까닭조차 모르기 때문에 더 불행하다
그냥 남의 목소리를 무작정 따라하다가
일생을 헛되이 보낸다
끔찍하다!
남은 생애조차 남의 혀를 흉내내는
지겨운 놀이일 뿐,
판화처럼 찍히는 반복적인 모작模作인가?
결국 네 작품의 일련번호는 몇 번인가?
남의 음성을 베끼는 데 평생을 보낸다면
그 얼마나 허망한 일인가?

『한비자』에서 한 우화가 말한다―

정나라에 차치리且置履라는 사람이 있었다
어느 날 신발을 사러 가기 위하여,
그는 자기 발을 그대로 그려두었다
다음 날, 그는 시장에 갈 때
'탁度'이라는 발 모양을 그린 본을
제 집에 둔 채 가지고 가는 걸 잊고 말았다
저자에 와서야 신발을 그려둔
탁을 가지고 오는 걸
깜박 잊었구나! 뒤늦게 깨닫고

그걸 가지러 집으로 돌아갔다
이윽고 다시 시장으로 되돌아왔을 때
이미 장은 파하여 신발을 살 수 없었다
그 딱한 사정을 듣고 한 사람이 혀를 차며 말했다

―어째서 발에다 바로 신어보지, 그랬소?

차치리는 대답하였다

―탁은 믿을 수 있지만 내 발은 믿을 수가 없어서

세상은 너무 바쁘거나
쓸데없이 생각이 많은지
무엇에 홀리거나 얽매어 좀체
제 자리나 깜냥을 벗어나지 못한다
어리석음은 똑똑함에 바짝 붙어
그림자처럼 늘 따라 붙는다
저자거리에는 똑똑한 바보가 많다
도라는 물건은 가까이 있는데 꼭 멀리서 찾거나
별다른 것인 줄 알고 캄캄한 굴에
손을 넣어 더듬거린다―
더듬다가 그 손을 잊는다 제 손을 찾느라
다른 손을 집어넣고 또 더듬거린다

174

마치 머리에 모자를 쓰고도
모자를 찾는 꼴처럼 허망하다

옛날, 서주舒州 선사禪師가 말했다—

세속에는 두 가지 병통이 있으니
하나는 나귀를 타고도 나귀를 찾는 일이고
다른 하나는 나귀를 타고
내리려고 하지 않는 일이다
나귀인 줄 알면서도 내리려고 하지 않는 건
가장 고치기 어려운 병통이다

법은 나귀와 같다

나귀를 타고 있는 나는 누구냐?
법의 코뚜레에 꿴 나귀를 잘 살펴라!
이미 타고도 찾고 있거나
굳이 내려오지 않으려고 미적거리지는 않는지

빨리 내려놓아라!
나귀 위에 앉은 이놈의 나귀 귀신,
삶아 먹은들 어쩌랴!
한결 가볍지 않겠는가?

재즈처럼

마이너리그 야구 투수가
마운드가 흔들려서 아무것도 할 수 없자,
처음으로 그 투구를 '재즈볼'이라 불렀다지
재즈는 하류의 슬픔을 기쁨으로,
억압에서 자유로운 즐거움을 향하여
전력으로 던지는 광속구!
투수의 구질이 만들어내는 바람의 갈기처럼,
투심이 좋은, 살짝 가라앉는 변화구!

시는 재즈다!

시인은 무의미의 음표 위를 맨발로 걷는 저항의 음악가!

재즈는 즉흥이다
눈치보다는 마음을 맞추고
선율을 따라 주고받으며
한데 어우러져 서로 자유로이 스며드는
여유로운 연주,

침묵의 정체는 무엇인가?

마음 안으로
줄곧 달려온 텅 빈 길 위에서,
귀를 활짝 연 눈동자 같은
호젓한 오솔길에 든 산 그림자 같은
악보 없는 시냇물의 연주 같은,
귀를 열어도 들리지 않지만
오직 마음으로 숨어드는 여운,
알 수 없는 고요는 어디서 왔을까?
한 줄기 꽃을 이 땅에 피우기 위하여
얼마나 오랜 시간을 기다렸을까?

선의 꽃은 자유롭다
하지만 푸르른 바람의 눈동자처럼
순식간에 사라진다
재잘거리는 개울물 소리에도
한 귀를 쫑긋, 세울 뿐
누가 물어도 대꾸하는 법이 없다

마음의 풍경,

그리기 직전에 누가 그렸는지

그리려 하면 이미 늦은 것처럼
탄식이 절반이다
누가 꽃을 묻자, 모른다고 한다
모른다는 꽃의 고백을 오직 알아차릴 뿐―

그림을 그리거나 시를 쓰거나
다리도 뻗고 머리도 긁적거리다가
마음 가는대로 붓을 놀린다
물외物外에서 마음껏 노닐다가
자잘한 건 훌훌 던져버린다
꽃의 붓은 한 줄기 꽃대인가?
붓 한 자루에 꽃이 피어오른다
세상은 바람에 내맡기고 잎을 흔들며
말없이 미소를 보내는 꽃의 필적筆跡인가?
오직 꽃으로만 말을 거는,

이 자리에서는
어느 누구도 따지지 않는다
꽃이 바치는 지극한 말씀이 어떤 공양인지―

조화造花라도 지극하면 그만,
재즈처럼 흐르는 바람의 물살인가?
혹은 변주되는 시간의 여울 따라

길 떠나는 나그네인가?
나그네는 길에서 쉬지 않는다
쉬지 않기 위하여 붓은 길이 되고
하늘과 땅은 붓이 그리는 그림이 된다
바로 이 순간,

선禪은 그림이자 시가 된다

재즈처럼 결코 얽매이지 않는다

천년 너머, 달마는 너무 오랫동안 달마도에 갇혀있다,
상투적이란 말은 이런 걸 두고 말한다

그는 벽에 갇혀 한 소식 했던가?
그는 벽을 뚫고 한 소식 했던가?
그 소식은 아직도 이르지 않았다
누구도 받은 적 없는 소식에 매달려
오직 달마라는 유령에 사로잡힌 채,
마치 사로잡힌 도스토예프스키의 악령처럼,

허무는 어떤 언어보다도 강력하다
마치 주술처럼 뇌수를 파먹고 무력하게 만들어
파멸의 종말로 치닫는,

끔찍한 인간만이 가지고 있는,

저주의 목록,

가장 은밀하게 숨겨놓은
쉽게 열리지 않는, 목록의 음침한 구석에 처박혀있는,

세상은 비슷한 가짜를 끊임없이 찍어내고
비릿한 언어를 대량으로 생산하고 있다, 지금도, 지금까지도,
심지어 오래된 사원에서는 대놓고 표절이다
밥 도둑질하는데 그만한 그림이 없으니까,
구년 동안 벽을 바라보다가 벽을 깨버린,
달마의 얼굴이 만신창이가 되었구나!
수백 년 동안 그 얼굴로
저자에서 얼굴이나 팔고 있다니!
달마가 서쪽으로 간 까닭은
헤진 짚신을 팔러간 것일까?
천년 넘어 표절당한 짚신을 보고
동쪽이 배꼽을 쥐고 웃다가
서쪽이 까무러치는구나!

낡아 헤진 달마의 얼굴이 슬프다

검은 얼굴로,
오랑캐 달마가 벽을 친다
야단법석이 질펀하다 한동안 잠잠하니
벽돌을 갈아 거울을 만들었다더니
달마도 한 폭, 그대로 비치네

거울에 비친,
쾅, 쾅, 벽을 치는

허공의 고함소리,

누구나 이 땅에서 죽는다
우리는 사라지기 위해서 살고 있는지도 모른다
마치 재즈의 구성처럼
헤드인−즉흥연주−헤드아웃으로 이어진다
삶의 중심은 예측할 수 없어
그냥 마음이 흐르는 대로 맡기면
즉흥적으로 이루어진다

재즈는 마음대로,
그냥 흐름을 따라 흘러가면 되므로,
그렇게 많은 악기가 필요하지도 않지만
연주할 때마다 매번 다양하게 변주되고

삶의 무지개처럼
무대는 그날, 그날, 다르고
분위기도 그날, 그날, 다르다
언어의 숲은 안개 낀 새벽길처럼, 호젓하기도 하고
눈보라치는, 언 땅을 밟기도 하고
폭풍우 휘몰아치는 진창길을 가기도 하는,
아! 재즈로 달래는 고달픈 저녁, 쿠바의 부에나 비스타에서
눈물을 닦는 지상의 마지막 밤이여!

삶은 구름처럼 일어났다가
죽음은 구름처럼 사라지는 것,
한 개비 대마초 연기처럼 몽환적인 이국의 낯선 밤,
재즈 한 곡에 삶과 죽음이 파노라마처럼 흐르나니
오직 나의 영혼에 흐르는 리듬을 타고
나만의 소울로 선율에 흔들리나니,

한 사람의 삶은 다른 누군가의 삶의 표절이 되기 쉽다
삶을 표절하지 말라
얼마나 짧은 인생인가!
표절의 늪에서 빠져나와 홀로 가라!

이곳저곳에서 표절이 한창이다
한동안 벽이나 털어 우려먹다가

지쳐버린 속물들은 제 가슴을 탕, 탕, 치다가
덩달아 애먼 벽을 쾅, 쾅, 치는구나!

지금 무심한 바람 한 자락,
휙 불며 시간의 뒷덜미를 잡아챈다
웃기는
저자 거리의 풍경을 넘기며,

달마도 한 폭,
강을 건너가고 있다

저 건너 언덕으로,

꽃은 똑같은 말이 아니다
똑같은 어법이 결코 될 수 없다
꽃은 스스로 주인공이므로
슬하에 제 발자국을 선명하게 찍는다
가고 싶은 대로 가면 그뿐,
제각각 주인이 되어 자유로이 피어나
목록을 여닫다가 천천히 시든다

말을 아껴야 하는 자리!

세상에 넘쳐나는 모든 말은
제가 뱉은 말에 걸려 넘어진다

꽃을 제대로 말하기 위하여,
꽃을 빌어 비로소 말하기 시작하고
꽃을 빌어 겨우 꽃을 지운 채 침묵에 든다
한 송이 꽃을 피우기 위하여
얼마나 많은 다른 말을 빌어야 할까?
꽃은 말할 수 없는 먼 곳인가?
말이 끊어진 저곳은 어디일까?
누가 저곳을 건드리는가?
이빨로 물어뜯어도 흔적조차 없는
저곳은 어딘가?
선의 꽃은 그냥 말이 아니다

시는 언어의 대장간!

시인은 알고 있다
진실한 노동으로 노래해야 한다는 것을,
진실은 차갑지만 그 안에 내재된 뜨거움으로
세상의 냉혹함을 달랜다
진실의 힘!
오직 한 마디 말을 벼루기 위하여

뜨거운 영혼의 불꽃을 수없이 두드린다
절망의 모루 위,
푸르른 상상의 풀무질로
시퍼런 이미지에 불을 당긴다

예술은 상상을 훌쩍 뛰어넘는
아찔한 벼랑 같은 것인가?
눈을 감고 혀를 말고 귀를 막고
소란한 마음을 끊은 선방의 고요 같은 것인가?
칼날 앞에 선 꽃에 부는 봄바람인가?
혹은 자벌레가 갉아먹은 배추 잎에 숭숭 뚫린 구멍인가?
깊은 가을날 길가에 나뒹구는
구린 냄새 질펀한 은행나무 열매인가?
바둑에서 판을 결정짓는
일착수一着手 같은 것인가?
억지로 꾸민 구석이라곤 조금도 없는
하늘을 닮은 자연인가?
몽골 초원에서 갈기를 휘날리며 달리는 야생마인가?

진실은 언어보다 앞선다, 언어 너머
진실은 자주 침묵하곤 하지만, 누가 혐오를 부추기는가?
지역, 이념, 페미니스트, 컬러, 교육, 동성애자, 종교, 장애, 빈
부, 언어, 등을 앞세워 얼토당토않은 정당성이나 정의를 역설

하며
선전과 선동을 일삼는 무리를 보면
세상은 푸른 달빛 아래 너무 참혹하다
블루스를 추며 흐느끼는 술 취한 밤,
우리는 누구에게서도 위로받을 수 없는가?
신경안정제나 진통제, 마약, 대마를 흡입하면서
일시적인 망각을 위하여 우리가 도피처로 삼지만,
그 어느 곳도 피할 수 있는 곳은 없으므로 차라리 고요할 것,
재즈가 흐르는 저 고요의 숲으로 들어가자
저 건너편으로!

딱 잘라 도저히 말할 수 없는
온갖 잡동사니를 한 칼에 베는,

건너편은 죽은 듯
고요하다

수월관세음보살도

아주 먼 옛날,

한 아이가 늪에서 놀다가
큰 거북이 한 마리를 보았다
그것을 잡고 싶었으나
그 방법을 알지 못해 악어에게 물었다

—어떻게 잡을 수 있을까?

악어는 말하였다

—그것을 물 속에 던져두어라
그러면 곧 잡을 것이다

아이는 그 말을 듣고 물 속에 던졌다

그러자 거북이는 물을 얻어 곧 달아났다

아이가 던진 것은 무엇인가?

거북이인가?
잡고자하는 마음인가?
고요한 물인가?
헤아릴 수 없는
아득한 시간이 흐르고
오늘도 던지고 있구나! 지금까지도,
그러므로 나는 말한다
오늘이 미래다—

어제가 던진 오래된 오늘,
방금 오늘이 던진 미래를 위하여
나는 지금 여기서 무엇을 할 수 있는지
아직까지 아무런 소식조차 알 수 없으므로,

아이가 던지는 저것은 무엇인가?

물 위에
택배로 부쳐온 달,
포장은 아직 뜯지도 않았는데

오직 달그림자만
물에 파문을 여미는구나

달은 오래된 고려지高麗紙,

여린 물살에도
마음 살짝 베인다
푸른 금니金泥 잔뜩 입에 물고
한 폭 탱화로 흘러,

수월관세음보살도가 되었나?

정화수 한 그릇,
걸식나간 한 성자를 위하여
모은 두 손은 또 얼마나 뜨겁게
떠도는 영혼을 데우며
달 흐르는 아득한 길 위에 서성거렸나
부질없어라,

산다는 일은 무엇인가?
기껏 꿈속이거나, 일시적인 환각에 불과하다
몽롱한 밤 바다에 비치는 달빛은
마음의 고요한 수면에 떠오른다
혹은 삶의 근저가 새는 빈 배,
점점 가라앉는 고인 물속에 비치다가

무엇보다 출렁이는 바다의 검은 물결 위에 반짝거린다

생애에 남은 흔적마저
저 모지라진 붓끝이 이끄는 대로
도저히 말할 수 없는 심연으로 흘러가
연지硯池에 잠긴 채 꿈꾸고 있는지,
깨달음의 눈썹달 아래
고요한 사유思惟의 숲을 지나가면
얼마나 홀가분할까?
남은 마음마저 지우고 나면,

물이 흘러가듯 구름도 잠시 머물다가 가고
반쪽에 드리운 그림자마저 거두어,
더는 추구할 것도 없구나!
어지럽지 않아 좋아라!

이빨은 시려 서릿발보다 차다
처절한 울음으로 울고 싶어도 울지 못하고
천년이나 물끄러미,
그 자리 그대로 머물고 있구나!

먹먹한 검은 바다
바람의 뼈가 지나가는 길,

울음이라도 한껏 개어
온통 먹빛으로 채우고 싶은지
스르르 온몸을 떨며 울다가,

몸에게 말을 건다
비록 티끌 같을지라도
사라지는 아름다운 작별을 위하여
살아온 날들과 환유換喩의 시간에 대하여
마지막으로 헌정獻呈하는 노래처럼,

세계는 누구에게는 냉혹하고
또 다른 누구에게는 호의적이었다
불평등의 기원은 인류의 탐욕에서 비롯되었지만,
이제는 그마저 쓸모없는 잣대가 된 지 오래,
엄습하는 불안과 공포를 눈앞에 두고 우리는 자주 눈을 감고
일부러 못 본 체 냉담하였다
외면과 무관심은 죄악이므로 이제 눈을 뜨고 직시하라!
우리가 지금까지 끌고 온 긴 그림자!
이제 암흑이 되어 더욱 앞날을 불투명하게 만들고 말았다
관세음, 관세음, 염송하는 저 간절한 음성 속에 나를 비추어보고
너를 자유롭게 풀어줄 수 있다면,
나는 기꺼이 지옥 불구덩이 속에 혼자 걸어 들어가리라!
이제 세상의 음성에 귀를 열고 들어보라,

고통에 울부짖는 세상의 음성을,
저 통곡의 울부짖음을 살갗에 문신을 새기듯,
한 땀, 한 땀, 새기고 나서
저 뼈끝까지, 또 새겨보아야 하지 않겠니?

지금 바람이 분다!
제 한 몸 부서져라, 참회하는 모진 매질인가?
용광로에서 일체가 녹아내리듯
남은 고통마저 흔적 없이 지우고
불꽃같은 목숨을 깨우며,
언어는 외연을 통하여 팽창하고
세상의 침묵은 내면에서 부글부글 끓다가
폭발하여 활화산처럼 허공에 솟구친다

석종石鐘이 우는 어스름,
오래된 종에는 명문이 새겨져 있었으니,
돋을새김으로, "두려워하거나 굴복하지 말라"

차마 바람의 뜻은 알 수 없어라
관자놀이를 치고 지나가는 섬뜩한 종소리!
하늘 빈 옆구리에 숨은 둥근 달,
민낯으로는 도저히 맞이하지 못하고
똑바로 바라보지도 못하였나니,

192

우리는 얼마나 두려움에 떨며 저 푸른 달을
마음에 찍었던가!
튤립의 구근은 얼어 죽고 구멍 숭숭 난 시린 가슴들,
겨우내 꽁꽁 얼었다가 풀리는 따뜻한 달빛의 폭포인가?
진주처럼 떨어지는 눈물방울, 방울,
집으로 돌아가는 한 마리 새는
울음의 낙법落法을 아는지 모르는지
어두운 물결을 뗏목삼아 끝 모르게 흘러가는데,
검은 바다는 지게문 비스듬히 열어두고
남은 마음마저 방생放生하는구나!

고요한 바다 위를 걸으며
달은 마음의 문을 활짝 열고 흔적 없는 제 발자국을 응시한다
이윽고 한 번도 닫힌 적 없는 문을 나서
외로운 한 사람의 구부정한 어깨 위에 달빛을 풀어
새로운 길을 비추고 있구나!
마음의 경전에 사경寫經을 하고
달은 가장 오래된 종소리를 끌고 가며,
젖은 꿈을 말린다

그윽한 달의 턱 받침,

지금은 어디서 꿈꾸고 있는가?

마음 밖에 노닐다

시는 꿈꾸는 놀이터인가?

상상의 놀이터에 노닐기 위하여
어린아이의 마음으로 돌아가야 한다
누구나 어른이 된다는 것,
그건 축복이 아니라
끔찍한 저주일지도 모른다
어린아이가 사라진 마을,
세상은 너무 요란하다
마음은 온갖 허깨비를 불러놓고
장난질이 한창이다
어린아이가 뛰노는 시의 나라에서
낯익은 이미지에 찌든 말들은 가라
낡아 희미해진 이름의 잔해는 쓸어버려라

그냥 할 말을 잃고 담담하게 바라만 보아도
숨 막히는 절정은
아찔하게 눈앞에 펼쳐지므로
괜히 투정부리거나 트집 잡지 말라

쓸데없는 말의 거처를 떠나면
계절을 따라 순수한 자연의 숨소리가 흘러나온다
거역할 수 없는 산과 강의 흐름을 따라가면
그림 밖에 풍경이 스스로 드러난다
그림 밖에 든 풍경은 나의 오래된 취재수첩에서
마음의 문고리를 만지작거리다가
그림자와 더불어 노닐고
그도 저도 싫증나면
마음의 사립짝을 열고 나온다
밖에 떠돌며 홀로 고즈넉하다가
이윽고 마음마저 버린다

천진天眞은 최고의 화경畵境이다

꽃이 꽃을 떠나고자 할 때
그 마음은,
이미 울타리를 벗어났다고 말할 수 있다
오직 한 마음은 보이지 않는 그림인가?
혹은 글자가 사라진 시인가?
악보 없는 노래나 흥에 겨워 부르다가
꽃은 집으로 돌아오는 길마저 잃고
푸른 별들이 쏟아지는 낯선 곳에서
찬이슬을 맞으며 노숙하는지—

벼랑 끝에 선 언어의 사원寺院에서
꽃의 한숨소리를 듣는 밤,
세상이 아무리 천박하더라도
기어이 중심으로 내려서기 위하여
뿌리를 향하여
마음을 내려놓는 시간,

거기,
고요한 침묵이 있음을 기억하라
마음 밖에 떠돌다가 마침내
마음의 집으로 돌아와
지난 시간의 울컥함을 토하는,

저 꽃의 숨소리를 살펴보라!

그림은 그림 밖에 있다
그림 밖에 참으로 우리의 시력으로는
도저히 감당하지 못할 진심어린 그림이 있다
하늘이 낳은 바보 산수가 거기 있다
천진한 자연이 그대로 놀고 있다
저토록 아찔한 절경에 다가가기 위하여
숨조차 멈추고 자신을 버려야 하리라

그 찰나조차 아껴야 하리라

얼마나 매혹적인 만남일까?
죽어야 산다는 말은 힘이 있다
죽음과 삶은 기껏해야 한 곡조로 이어져 있다
시로되 언어가 사라진 시인가?
그림이되 보이지 않는 그림인가?
바람 소리나 잔뜩 거느리고
바위의 가부좌로 걸어 들어가는,

꽃이 넋 놓고 기다리던
저 아득한 거리,

차마 가닿지 못할

선禪은 시이자 그림이다

꽃은 미로 속에 찬란하다
어느새 아이는 늙어가고
출구는 여전히 보이지 않는다
꽃을 그리다가 붓이 메마르자
시든 꽃의 턱을 받치고
사유思惟의 숲으로 들어갔다

꽃잎들은 안간힘으로
그림 밖으로 내려서기 위하여
중심을 낮춘다
그림 없는 그림을 보려고
설핏 잠들어 악몽을 꾸다가,

나는 미로를 헤맨다
꽃의 화법은 자주 미지칭이거나 모호하다
그래서 자리가 불안한지
제 자리를 박차고 튀어나오려고 한다
나도 목록의 밖으로 탈출하려고 늘 꿈꾼다
목록의 안은 갑갑하다
숨 막히게 답답하고 지겨운 감옥인가?
악몽을 자주 꾼다 나는
꽃을 여는 열쇠를 잃어버리고,

언어의 감옥에 갇힌 채—

마음 밖에서 그림 없는
그림을 그리고자 안간힘으로 애쓰지만
이미 규정된 목록은 나의 감옥이었다
그 안에서 골라낸 말들은
너무 진부하고 핏기가 없다

고전의 숲에서 죽은 시체를 안고 뒹구는 날들!
아예 붓을 대지 않고
아득한 시간을 그릴 수 있는가?

알 수 없는 꽃의 노래,
먼 바다에서 눈 먼 거북이 우연히 만난
아주 작은 판자 구멍을 통하여
기적이 완성된다

누가 문자가 사라진 시집을 읽는가?

날카로운 이빨 때문에 악어는
거짓으로 눈물을 흘리며
허기를 물어뜯는지
이미지의 풀씨가 늪에 날리면
악어의 등은 온통 푸른 풀밭이 된다
딱딱한 감각 위에 울퉁불퉁한
목록의 마지막 단어가
통, 통, 튀어오른다

마음 밖에 떠도는 그림은
눈에는 보이지 않는다
눈을 감으면 비로소 보이는가?

열리는 꽃의 아우성,
찬란한 저 개화를 바라보라
그 심연의 뿌리 근처,
맨 처음 눈 먼 거북이 물 밖으로
엉금엉금 기어나온다

맹인의 손가락에 점자가 걸린다

마지막으로 더듬는

최후의 한마디,

—꽃은 죽었다

꽃이 발성한 최초의 모음은 무엇인가?

······ ······ ······ ······

침묵의 점자들 뿐,

뼈의 기운

얼마 남지 않은
노을의 시간,
시든 꽃은 홀로 중얼거린다

"온 산에 바람 부는데
발아래 일을 나는 어찌할까?
산에 봄꽃은 흩날리고
밤하늘 주걱별은 물을 푸고도
물이 아니라 하고
하늘가 벼랑에는 마음 그림자뿐이네
남은 봄소식을 나는 어이할까?
저 산에 울퉁불퉁한
내 안에 오래 머물고 있는
이 바위덩이는 어찌할까?"

바위에는 뼈가 산다
말하자면, 바위는 산의 골수다
살점 다 도려내어 산짐승에게 내주고
앙상한 뼈만 남아도 좀체 움직일 줄 모른다

석공石工은 바위의 내부를 응시한다
이끼 걷어내어 숨소리를 듣고
금이 간 흔적을 찾아 맥을 짚어낸다

산의 평전은
바위의 보살행이다
바람과 물이 지문을 새기고
늙은 소나무가 바위의 늑골에 뿌리박아도
한마디 신음조차 내지 않았다
온갖 목숨이 숨 쉬는 동안 기꺼이
몸을 지탱할 수 있도록 제 자리를 내주었다

바위의 이빨은 견고하다
고독이 정수리까지 뻗쳐오르면
어금니를 꽉 깨물고 견디는 일 뿐,
바위는 한 점 티끌로부터 와
마침내 다시 티끌로 돌아간다
한 덩이 바위를 바라보고 산이 걸어온
지친 발자국을 기억한다

강물을 건너온 날,
축축한 물의 나이테를 제 몸에다 새기고
바위는 더욱 단단해진다

안으로, 안으로, 걸어 들어가 꽃을 피운다

돌의 꽃!

한 톨의 씨앗이 꽃을 피우듯
한 덩이 바위가 산을 품고 산맥을 이룬다
닭이 알을 품듯 오래 품을수록 따스한
바위 안에서 꽃의 숨소리가 들린다
어느 날, 꽃이 핀다
석공이 망치로 깨트리는 건
돌 속에 피워 올린 꽃의 울음,
그건 한갓 한 덩이 바위가 아니다

석공이 깨는 건
오랜 침묵의 덩어리인가?
중심을 향해 걸어 들어가는 경건한 시간,
마치 서품을 받는 사제처럼 가장 낮게 엎드린 채,
오직 깨어있는 물음 앞에서
얼마나 오래도록 가부좌를 틀었는지

석공은 중심에다 쐐기를 박는다
한 점 구멍 속으로 파열破裂을 꿈꾸며
바위의 정신을 범한다

중심을 깨는 소리인가?

돌 안에서 한 여인이 나온다
검은 머리채 위에는
보랏빛 뱀이 똬리 튼 채
허공에 넘실거린다
치명적인 독으로 그곳은 위험하다
산의 어금니가 꽉 물리고
견딜 수 없는 시간을 견디는 동안
산의 음부가 가렵다

며칠 몸살을 앓더니 젖 봉오리가 발갛다,
단풍진 골짜기에 덤으로 붉은 노을을 두른 채
클리토리스처럼 솟아오른,

산은 교성이 질펀한 음방淫房인가?
푸른 바람이 쪼고 새긴,

자연의 걸작,

여기는 얼마나 적나라한가!
더 걸칠 게 없고 더 숨길 게 없는 이곳이야말로 낙원이 아닌가!

암컷과 수컷이 벌거벗고 벌이는 찬란한 유희들!
누가 절경을 그리고
누가 절정을 말하는가,
오고 감도 없고 오직 마음이 가는대로 내버려두는
자연의 길은 순하디 순해서 더 걸칠 것이 없구나!
거추장스러운 껍데기는 벗어던져버려라
그리고 오직 알몸으로 와서
서로 부둥켜안고 뒹굴어라
날것의 생을 즐겨라
오직 비린내 나는 우리네 삶의 냄새를 마음껏 맡으며,
살 내음 질펀한 여기,
에덴의 이브와 아담이 되어라

그건 돌 꽃의 여자가 잉태한 전설일까?
얼마나 오랫동안 바람은 그 얘기를 전하는지
돌부처가 돌아앉아 수인手印을 푸는지
너무 까마득하여 알 수 없지만
방금 바람이 지나가다가
돌 탑 위에 머무는
산의 그림자 한 쪽을 거들고 있다
석공은 아직도 집으로 돌아가지 못한 채
아내가 부쳐온 겨울 솜옷처럼
돌 탑에 푸근하게 이끼로 앉았구나!

고향은 아직도 멀다

꽃의 뿌리 근처는 늘 소란하고
어수선하여 잠시도 쉴 틈이 없는지
오늘도 바람에 몸을 맡긴다
계절은 혹독하지만
그런대로 견딜만하므로
꽃은 제 자리가 편안한가보다

불안에 떨면서도
그림자가 집적거리며
제 발등을 쓸어내고 있다

어느 날인가
꽃 더미가 내 앞으로 다가와
왈칵, 쏟아졌다
나는 꽃 더미에 파묻혔다

겨우 목록 근처나 서성거리다가
이제 막 덮으려는 순간,

나는 깨닫는다

꽃의 심장에 뭉근한
바위 한 덩이 키우고,
저 오래된 그림자 속에
가녀린 생명의 맥박을 짚고,

산의 뼈가 자라고 있었구나!

나의 등골에서
화산이 폭발하고
이미지가 뜨거운 용암처럼 흘러나오자,
무등無等의 언어는 식어서 주상절리가 되어
신세계가 열리도다!
무등은 지금도 그대로, 우뚝 섰노라!
그 위에 더할 수 없는 정도로 우리네 가슴속에!

아! 거북이 등에 털이 자라고
토끼의 머리에 뿔이 돋아나오니,
지혜의 안목이 활짝 열리도다!

당나귀 해가 되거든,

돌 계집이 돌 아이를 낳으리니

마침내, 고향으로 돌아갈 수 있으리라.

목록의 죽음

늪의 근처는 축축하다
물기를 머금고 목마른 짐승을 유혹한다
무엇이건 여기에 다가오면
서서히 조여 오는 서늘한 목덜미,
늪의 둘레는 늘 위태롭다
금지된 구역을 침범하면
영원히 헤어 나올 수 없는
치명적인 위험을 머금고 있다

얼룩말은 늪으로 갔다
늪이 두려운 줄 알기도 훨씬 전
그 안에 도사린 악어가
더 무서운 줄 알지 못하였다
선禪이란 말하자면, 늪과 같다
선의 근처도 위험하기는 마찬가지다
일단 여기에 한 번 빠지면 거의 죽는다

아주 드물게 겨우 목숨은 건지지만
그건 또 다른 죽음으로 들어가기 마련이다

그 죽음은 그냥 죽음이 아니다
참으로 죽음을 초월한 죽음이므로,
드물고 귀하다

허망한 순간은 갑자기 온다
가장 찬란한 풍경을 거느리고,

혀를 놀려 장엄하는 황홀한 궁전,
눈길을 끈다는 건
매혹이지만,
이미 폐허를 기른다는 것—
가령, 얼룩말은 가로줄 무늬 때문에
다른 포식자를 속이기도 하지만
오히려 스스로 그 때문에
죽음의 문으로 걸어 들어간다
마찬가지로 코끼리는 하얗게 빛나는 상아 때문에
멀리서도 사냥꾼의 표적이 된다.
그게 코끼리가 지닌 치명적 약점이다

시인에게는 어떤 단어가 자주 표적이 되는가?
그리고 마침내 상투성을 띄거나
이미지가 낡아 흐물흐물, 버려지고 마는가?
흔하고 익숙하면 버림을 받기 마련,

낯선 의미의 표지를 넘어
훨씬 원시성을 간직한,
혹은 순결한 원형질의 단어를 찾기 위해서,
시인은 마치 광석을 캐듯 광부가 된다
캄캄한 지하에서 목숨을 걸고 신성한 노동으로
광맥을 찾아 빛나는 언어의 보석을 지상으로 끌어올린다

늪은 악어를 키운다
악어가 늙어가는 동안 늪은 부글거리며
온갖 죽음을 초대한다
악어의 옆에는 코뿔소가 하품을 하는 듯
수면 위로 자주 올라와
아주 한가롭게 놀고 있다.
먹잇감을 향한 살의를 수면 아래 숨긴 채,

늪은 아귀와 같다 지겹도록
죽음을 불러 모아도 늘 배가 고프다
허기가 가득한 아가리,

늪의 근처에는 꽃이 지천이다

어느 날, 바람을 타고 꽃이 지나가다가
늪이 부르는 소리를 들었다

그 속을 들여다보다가 소스라치게 놀랐다
얼마나 투명하고 맑은지
하늘이 그대로 비치자,
제 가냘픈 목이 어른거리는 걸 보고
말을 걸었다

─네 눈동자는 참 깊구나!
서늘하도록 아름다운 저 꽃의 이름을 아니?

늪은 잠시 흐린 눈꺼풀을 걷어내며
꽃대를 툭, 건드렸다

─너무 연약하군!

─그렇치 만은 않아

─이걸 무어라 부르지?

─보기만 해, 굳이 불러내지 마. 그러면 다치고 말거야

─왜? 그냥 불러준다고 다칠까?

─제발, 건드리지 마, 그 자리에 그대로 두고 봐

—그럼 무슨 재미로 살아? 사는 게 무슨 의미가 있을까?

—안 돼, 의미 같은 건 찾지 마

—무슨 말이 그래?

—그냥 내버려 둬, 따지지 말고

꽃은 좀 더 안으로, 한 발자국 더 들어갔다
늪의 가장자리는 서있기에도 불편하였다
그래서 중심으로 좀 더 들어가려고 애를 썼다
그때 하늘이 갑자기 흐려지더니 물방울이 떨어졌다

이제까지 꽃은 몰랐다
그게 비인지, 그냥 물인지
혹은 하늘의 눈물인지
비가 오는 것인 줄 전혀 알지 못하였다
'비'라는 말이 생기기 전이니까,
목을 축이기 위하여 하늘로 향하여
손을 벌리듯 꽃은 잎을 활짝 펴 내밀었다
몸이 스르르 기울어지더니 꽃의 목이 꺾였다
갑자기 늪 속에서 뻗친 무엇이 목덜미를 잡아챘다

이미 죽은 줄 알았던 악어였다
악어의 어금니가 꽃대를 잡아채자
아주 장난스럽게,
콧등 위에 묻은 진흙 위에다 던져버렸다
꽃은 오도 가도 못한 채
그렇게 몇 날을 보내고 드디어
게으른 햇살에 악어의 콧등이 마르자,
아슬아슬하게 겨우 거처를 잡을 수 있었다
딱딱한 콧등에 얹혀
깊이 뿌리 내리지도 못한 채
시가은 너무 빨리 흘러갔다
모든 풍경도 아주 단순해졌다
드디어 한 폭의 그림이 완성되었다

더러운 늪 안에 갇힌 악어,

악어의 콧등에 피어난 꽃,

악어의 등에서 물이끼를 뜯어먹는 열대 새들,

이미 사라진 얼룩말의 하늘,

저마다 고요하다

정물처럼 고여 있는 시간,

미처 다 그리지도 못한 채
남겨둔 저 여백을 위하여
마지막 붓은 누구에게 맡길까?
목록의 끝은 이제 서서히 닫히려고 한다
다시 처음으로 돌아가기에는
너무 늦은 시간이 아닐까?
아니라면 너무 이른 시간이 될까?

누가 혼자 중얼거리는지─

닫힌 세계는 열리지 않고
열린 세계는 닫히지 않는다

누가 늪가를 지나가다가 들었는지
어떤 기억조차 남아 있지 않다
기억은 다만 시간의 쓰레기일 뿐,
그저 바람이 지나가던 소리인지
저쪽 밖으로 인기척마저 사라져버렸다

목록은 침묵의 폭약이다
꽃의 뇌관을 깊이 심고
심지에 불을 붙이는
오직 한 순간을 위하여 기다린다
언제가 될 것인가?
점화의 찰나!

목록은 늘 긴장한다

어느 날 한 미치광이가 나타나 외쳤다

"보라,
멸망의 길을 가리라
환청의 귀때기로 쌓아올린,
바벨탑을 세운 저 소란한 무리들!
폐허에 모인 수많은 언어들은
마치 늑대가 모두 같은 한 무리에 속하듯이
태초에는 서로 차별이 없었으나
이제 언어는 선동의 도구로 전락하고
이미지를 파는 상품의 선전을 위한 것일 뿐,
조만간 시는 과학이 되고
공장에서 대량으로 찍어내는
핫도그처럼 혹은,

섹스돌처럼 찰나의 쾌락을 위한
언어의 유희쯤으로 전락하고 말리라
무서운 예언의 목덜미가 서늘하다
음울한 저녁,
술 취한 뒷골목의 오물 질척이는
밤을 외롭게 건너가며,

수어통역사가 귀와 입을 손짓으로 대체하는 동안,
사실 온전한 등가관계는 있을 수 없듯이

지금 시는 무력하므로,
누구나 시를 버리고 시인을 멸시한다
무심한 산과 강이 웅얼거리는 소리들 뿐,
이제 시는 무용하다
꽃의 신전을 능멸하고
꽃을 무참히 꺾는 어둠의 후손들!"

오래 잠든 듯 고여 있던
늪은 한동안 부글거리지 않았다
그 많던 얼룩말들은 지상에서 사라지고
악어는 이미 늙어 죽어버렸다
오직 꽃을 따는 무리들만
버려진 땅에서 세계를 조롱하며

엄청난 소란을 피웠다

그때, 한 유령이 나타났다

죽은 얼룩말의 유령!

빳빳한 갈기와 튼튼한 발목,
미끈한 몸뚱이에 뚜렷한 검은 줄들,
누가 디자인하였는지
눈이 헷갈리는 기적 같은 줄무늬들,
점점 옅어져 지금은 흔적만 희미하게
목둘레에 남아 있어 그게
얼룩말인 걸 겨우 알 수 있지만—

이제까지 듣지 못한 소리,
그 의미를 마구 떠들고 다녔다
어느 누구도 이해하지 못하는
그건 세상의 말이 아니었다
이 세상의 소리가 아니고
도저히 이름 붙일 수 없는
아득한 그 무엇이었다
입술이나 혀를 움직이지 않고
그저 이빨만 딱딱거리다가

나중에는 그마저 그친 뒤 가부좌 틀고
고요하게 머물러있을 뿐,

보리수 아래 사흘 밤낮,
고즈넉하게 내부를 응시하다가
다른 나무 아래로 옮겨갔다
탐욕에 빠지는 걸 두려워하는지
한 그루 나무 아래서도
집착을 멀리하고자 사흘을 넘기지 않았다
이윽고 들판에서 유랑하다가
아예 사람의 눈에서 사라지고 말았다

그때까지 아무도 눈치 채지 못하였다
다른 세계가 나타났으나
그는 마지막 말을 마치자마자
외진 곳으로 사라져버렸다
위대한 가르침은 늘 그래왔듯이
온몸으로 써내려간 고통스러운 고백이었다
허물을 굳이 지우지 않는 그곳,

황무지에 외롭게 핀
시든 꽃 한 송이,
제 그림자마저 막 지우려할 때 누가

겨우 그 말귀를 알아챘는지
입가에 빙긋
미소를 띠는 찰나,

심지에 불이 붙고
뇌관이 점화되었다

꽃의 폭발!

이름 부를 수 없는,
소리 없는 그 말이 죽은 줄로만 알았던
성스러운 침묵인 줄 누가 알았으랴!

혀의 저주!

하늘의 신전을 능멸한 까닭에
무너진 바빌로니아의 탑 아래
수많은 언어들이 생겨나자 겨우 해독한
이제까지 알 수 없던
꽃의 입 속 깊이,

감추어두었던 우레 같은
모든 말이 껴안고 있던,

본래의 숨소리!

처음이자 마지막에 펼치는
환희의 춤사위인가?

목록의 한 구석에 고이 잠들었던,

침묵의 꽃,

한 줄기 침향이 타올라
식은 재처럼 주저앉듯
선정에 든 채 영원한 침묵의 속살에
빙긋이 미소 짓는 선승처럼,

고요한 열반!

죽음의 찰나,
꽃이 던지는 최후의 물음에
깨어나야 한다

널 안에 눕기 전,
제 관 뚜껑에다 손수

나무못을 탕, 탕, 박으려면
어떻게 해야 하는가?

꼿꼿하게 붓 한 자루로
홀로 세상에 섰다가 무얼 남길까?
우주의 한 송이 꽃은
고개 갸우뚱한 물음표만 남기는지,

현빈玄牝!

언어의 목록은 자궁이다!

음부는 우주의 자궁으로 들어가는 입구,
아! 모든 생명의 기원이 비로소 여기서부터
첫울음을 터트렸나니,

궁극의 자궁이 품은
펼친 적 없는 목록의 마지막 장,

시간의 물레방아 아래

오직 알 수 없을 뿐―

목록은 영원한 수수께끼인가?

군말

지난 밤,
폭설이 지나갔나보다
전하지 못한 안부처럼 마음이 푹푹 빠진다
하얀 침묵의 속살처럼 설국은 눈부시다
숲 속에서 누군가는
어둠을 뭉텅 잘라
바람소리에 실려 보냈으리라

꽃은 꽁꽁 얼어 마침내 바스라진다
침묵 속 얼음알갱이들, 매혹은 뜬금없이 다가오는 것인가?

지금 여기는
언어마저 사라진 세계!

나의 혁명은
마지막 숨소리, 늘 그 끝자락을 잡는다

들고양이는 간밤 어디서 추위를 덜었을까?
며칠 동안 녀석들에게 밥을 챙겨주지 못하였다

그게 영 마음에 걸린다 나의 배고픔은
저들의 배고픔과 어떻게 다른가?
시는 늘 허기를 부른다, 살면서
점점 모질어진다는 생각이 치밀어
못 견디게 아플 때가 많다

아직도 나는,
견딜 수 없는 노래가 아프고
말할 수 없는 그리움이 고프다

지리산 자락 초명암에서,
이상원 쓰다

침묵의 꽃
이상원 지음

발 행 처 · 도서출판 청어
발 행 인 · 이영철
영　　업 · 이동호
홍　　보 · 천성래
기　　획 · 남기환
편　　집 · 방세화
디 자 인 · 이수빈 | 김영은
제작이사 · 공병한
인　　쇄 · 두리터

등　　록 · 1999년 5월 3일
(제321-3210000251001999000063호)

1판 1쇄 발행 · 2020년 11월 30일

주소 · 서울특별시 서초구 남부순환로 364길 8-15 동일빌딩 2층
대표전화 · 02-586-0477
팩시밀리 · 0303-0942-0478

홈페이지 · www.chungeobook.com
E-mail · ppi20@hanmail.net
ISBN · 979-11-5860-913-9(03810)

이 도서의 국립중앙도서관 출판시도서목록(CIP)은 서지정보유통지원시스템 홈페이지
(http://seoji.nl.go.kr)와 국가자료공동목록시스템(http://www.nl.go.kr/kolisnet)
에서 이용하실 수 있습니다.(CIP제어번호: CIP2020047814)

본서는 한국예술인복지재단에서 제공한 2020년 하반기 창작준비금지원사업의 도움을
받아 제작되었습니다.